KB276012

기이한 이야기,
둔갑술로 세상을 우롱한 전우치

101

기이한 이야기,

둔갑술로 세상을 우롱한 전우치

전국국어교사모임 기획 · 정환국 글 · 리강 이승현 그림

Humanist

'국어시간에 고전읽기' 시리즈를 펴내며

고전을 읽어야 한다는 가르침은 어릴 때부터 귀가 따가울 만큼 들었다. 그러나 몸소 이를 따르는 사람은 흔치 않다. 종종 고전을 가까이하는 사람들이 있는데 이들은 대체로 삶을 헛되이 보내지 않고 훌륭한 일을 이루어 세상에 뚜렷한 이름을 남겼다. 고전 안에 그만큼 값진 속살이 들어 있기 때문이다.

고전이 이처럼 깊은 가치를 지녔는데 어째서 고전을 읽는 사람은 흔치 않을까? 아마도 고전이 사람을 쉽게 끌어당겨 주지 않기 때문일 것이다. 고전은 우리에게 섣불리 손짓을 하지도, 눈웃음을 치지도 않는다. 고전은 끈기를 가지고 파고들어 오는 사람에게만 마지못한 듯이 웃음을 지으며 속내를 털어놓는다. 고전은 요즘보다 훨씬 무뚝뚝하던 옛날에 이루어진 삶이며 글이기 때문이다.

그래서 우리는 청소년들이 고전을 즐겨 읽을 수 있도록 마음을 다했다. 뻣뻣하고 까칠한 고전을 달래서, 부드럽고 친절하게 청소년을 끌어당기도록 손을 쓰고 공을 들였다. 멋없이 무뚝뚝하던 고전을 정성껏 매만져서 두 팔을 활짝 벌리고 청소년들을 끌어안을 수 있도록 탈바꿈했다.

고전은 이제 온전히 겉모습을 바꾸어 청소년들을 맞이할 것이다. 자칫 속살까지 탈바꿈한 것처럼 보일지 몰라도 책을 읽다 보면 예스러운 고전의 맛과 멋을 한껏 느낄 수 있을 것이다. 우리는 무엇보다도 고전이 고전다운 속내와 뼈대를 온전하게 지니도록 하는 데 힘을 쏟았다.

고전은 시공간을 뛰어넘고, 나라와 겨레를 뛰어넘어 세상 모든 사람에게 큰 울림을 준다. 《시경》, 《탈무드》, 《오디세이아》, 셰익스피어와 괴테의 작품이 세상 모든 이에게 가르침을 주듯이, 우리의 고전도 모든 이에게 값진 가르침을 줄 것이다. 가르침이 서로 다르기는 하지만 높낮이가 있는 것은 아니다. 그러므로 세상 고전을 두루 읽어야 하는 것이나, 우리는 우리네 고전부터 읽는 것이 마땅한 차례다.

　이런 뜻으로 전국국어교사모임에서 '국어시간에 고전읽기' 시리즈를 펴낸 지 십 년이 되었다. 누구나 두루 즐기며 읽을 수 있도록 쉽게 풀어 쓰고 맛깔나고 재미있는 작품으로 재창조하려고 무던히도 애썼다. 다행히도 많은 독자로부터 분에 넘치는 사랑을 받았고, 우리 고전을 가까이하고 즐기는 청소년들이 많이 늘어 고마울 따름이다.

　지난 십 년처럼 묵묵하게 이 시리즈를 이어 갈 생각으로 첫 마음을 되새기며 글과 그림을 더하고 고쳐 좀 더 새로운 얼굴의 우리 고전을 세상에 다시 내놓으려 한다. 이 책을 통해 우리 청소년들이 풍성하고 가치 있는 고전의 바다에 풍덩 빠질 수 있기를 기대해 본다.

2012년 11월

전국국어교사모임

《기이한 이야기》를 읽기 전에

여러분은 '옛날이야기' 하면 어떤 것들이 떠오르나요? 《홍길동전》, 《심청전》, 《춘향전》 같은 고전 소설이 생각날 겁니다. 또는 《혹부리 영감》이나 《콩쥐팥쥐》 같은 전래 동화가 생각날지도 모르겠습니다. 그런데 이런 고전 소설이나 전래 동화 말고 또 다른 옛날이야기는 없을까요? 할머니 할아버지가 직접 들려주던 짧막하면서도 흥미로운 그런 이야기 말입니다.

옛날에는 지금처럼 책을 통해 이야기를 즐기는 사람이 드물었습니다. 이야기를 책으로 엮었다 하더라도 대개는 그 책을 읽어 주는 사람의 입을 통해 이야기를 접했기 때문입니다. 이야기를 눈으로 읽는 것이 아니라 귀로 들었던 것이지요.

이야기를 읽는 것과 듣는 것은 그 맛과 느낌이 사뭇 다릅니다. 인터넷 세대인 우리는 도란도란 둘러앉아 눈을 깜박이며 이야기를 듣는 시간을 갖기 어렵습니다. 이제 더 이상 할머니가 조곤조곤 들려주는 곰삭은 옛날이야기를 듣기도 힘듭니다. 어쩌면 우리는 듣는 즐거움을 제대로 느끼지 못하며 살고 있는지도 모릅니다.

이런 아쉬움을 달래기 위해 이 책을 꾸려 보았습니다. 어차피 책인 이상 할머니의 구수한 이야기만큼은 못 될 테지요. 하지만 할머니가 들려주었을 법한 짧고도 흥미진진한 이야기를 모았으니 이 책을 들고 가 나이 지긋한 어른들께 읽어 달라고 졸라 보는 것은 어떨까요?

이 책에는 귀신과 염라대왕이 등장하고 저승 세계가 펼쳐지는가 하면, 구미호나 외눈박이 거인도 속출합니다. 또한 정체를 알 수 없는 괴물이나 요괴가 인간 주변에서 맴돌기도 하고 신선 세계가 화려하게 펼쳐지기도 합니다. 이 뿐만 아니라 보통 사람들과는 다른 비범한 인물들이 여기저기서 두각을 나타냅니다. 비상한 재주를 가진 검객이나 기사, 그리고 당찬 여성까지 주인공으로 등장해 세상을 활보합니다.

이쯤 되면 그 소재만으로도 흥미롭지요? 구체적인 내용은 직접 확인해 보기로 합시다. 읽다 보면 분명 어디선가 들었을 법한 이야기가 있을 테고, 예전에 들었던 그 이야기가 바로 이것이었구나 하고 고개를 끄덕이게 될 것입니다.

자, 그럼 기이하고 신비로운 이야기 속으로 함께 들어가 봅시다.

2007년 10월
정환국

차례

너는 음흉한 요물로 네 목숨은 내 처분에 달려 있다
군자인 나는 **목숨이 하늘**에 달려 있으니

네가 **어떻게** 할 수 있겠느냐?

1

기이한 괴물의 출현

이야기 … 하나

바다 가운데 대인국 이야기

무인도의 외눈박이 거인

서울에서 흑도로 귀양 온 사람이 있었다. 이 이야기는 그가 전에 바다를 표류하다가 겪은 일이다.

이야기를 들려준 사람을 포함해 열두 명이 탄 배가 풍랑을 만나 바다 위를 떠돌다가 어떤 섬에 겨우 닿게 되었다. 그런데 그 섬의 산꼭대기에서 갑자기 거인 하나가 불쑥 튀어나왔다. 키가 수십 척은 되어 보이고, 몸집도 거대한 거인은 산을 성큼성큼 넘어 배를 탄 사람들에게로 가까이 다가섰는데, 눈이 하나만 달린 외눈박이인 데다 우락부락한 생김새가 몹시 사나워 보였다.

거인은 표류한 이들을 위협해서는 양쪽 팔뚝에 각각 여섯 명씩 매달고 거처로 돌아갔다. 그러고는 뱃사람들을 하나씩 들어 올려 무게

를 달았다. 이어서 그중 살이 제일 많이 찐 사람을 골라 밖으로 들고 나갔다. 나머지 열한 명은 사시나무 떨듯 떨다가 구멍을 통해 밖을 엿보았는데, 숯불을 피워 놓았는지 붉은 불꽃이 활활 타오르고 있었다. 외눈박이 거인은 옆에 있는 기둥만 한 쇠막대로 불꽃을 헤집더니 살찐 사람을 올려놓고 구워 먹는 것이 아닌가. 다 먹고서는 배가 불러 노곤했는지 불 가에 그대로 푹 쓰러져 잠을 자는 것이었다.

나머지 사람들은 누구 할 것 없이,

"우리들은 이제 다 죽었구나!"

라며 벌벌 떨었다.

그들 중에 화장 노릇을 하는 이가 있었는데, 힘이 장사였다. 그가 이런 제안을 했다.

"어차피 죽을 것이라면, 살 방도라도 찾아봐야 하지 않겠소?"

모두들 그 제안에 동의해 죽음을 무릅쓰고 밖으로 뛰어나갔다. 우선 외눈박이 거인의 다리를 건드려 깊이 잠들었는지 확인해 보았다. 그랬더니 몸을 약간 움찔할 뿐 별 반응이 없었다. 화장은 쇠막대를 다시 달궈서 거인의 외눈을 찔러 버렸다. 그와 동시에 나머지 사람들은 죽을힘을 다해 도망

● **흑도**(黑島)　지금의 전라남도 서해안에 위치한 흑산도로 추측되나 정확하게는 알 수 없다.
● **화장**(火匠)　배에서 밥 짓는 일을 맡은 사람.

쳐 배 안으로 뛰어들었

고, 열심히 노를 저어서는 배를 다

른 해변으로 갖다 대었다.

　얼마 후 외눈박이 거인이 눈을 부여잡고 펄쩍펄

쩍 뛰면서 뒤쫓아 왔다. 배가 처음 닿았던 곳을 더듬다가 찾

지 못하자 이리저리 뛰어다니면서 크게 울부짖었다. 한참을 땅이 울리

도록 뛰어다니던 외눈박이 거인은 곧 쓰러져 죽어 버렸다. 얼마나 몸

집이 큰지 바닷가를 다 덮을 정도였다. 뱃사람들이 급히 노를 저어 해

안을 빠져나올 즈음, 갑자기 뱃사람들을 부르는 소리가 들렸다. 여인

의 목소리였는데, 들어 보니 조선 여인네인 듯했다. 뱃사람들은 더욱

기겁해 뒤도 돌아보지 않고 온 힘을 다해 노를 저었다. 그러자 여인이

소리를 쳤다.

　"저는 조선 사람이랍니다. 여러분을 해치지 않을 것입니다. 제 말을

들으셔야 살 수 있답니다!"

　그제야 뱃사람들은 방향을 틀어 도로 해안에 배를 댔다.

　"저도 배를 타고 표류하다가 이곳까지 밀려와 외눈박이에게 붙잡혔

지요. 저는 외눈박이의 아내가 되어 아들을 열둘이나 낳았답니다. 이

섬은 대인국과 수천 리나 떨어져 있지만, 요충지인 까닭에 대인국에서

장수를 보내 지키게 했답니다. 방금 죽은 외눈박이가 바로 그 장수인

데, 매우 사나웠지요. 제 아들들은 모두 개의 모습을 하고 있는데, 덩

치와 사나운 성질 모두가 다 아비를 닮았답니다. 지금 사냥을 나가 있

는데, 잠시 후면 돌아올 거예
요. 제 아들들은 바다 위를 평
지처럼 걸어 다닐 수 있는지라,
아비가 죽은 것을 알면 당장 바
다로 뛰어가 여러분들을 해칠 겁니
다. 그런데 제 아들들에게는 이상한
버릇이 하나 있답니다. 집에 있던 물건
을 보면, 꼭 원래 있던 자리에 가져다 놓
은 뒤라야 다시 제 할 일을 하는 겁니다.
제가 지금 집에 있는 숯을 드릴 터이니,
제 아들들이 쫓아와 배에 접근하면 그
숯을 하나씩 던져 쫓아오지 못하게 하세
요. 서너 번만 그렇게 하면 제 아들들은
지쳐 죽게 될 겁니다.”

그러고는 이어서,

“저도 배를 타고 고향으로 돌아가고 싶지만 몸이 이미 이렇게 되어 다시는 되돌아갈 수 없지요. 이런 꼴로 어떻게 고향 사람들을 보겠습니까? 그러니 저는 이곳에서 죽으렵니다.”

하고 말을 마치더니, 스스로 목숨을 끊었다. 뱃사람들은 매우 애통해하다가 여인의 말대로 숯을 싣고 배를 띄웠다.

아니나 다를까, 얼마 못 가서 갑자기 산과 계곡이 무너지는 듯한 소리가 나더니 개의 모습을 한 열두 거인이 파도 위를 달려오는 것이었다. 열두 거인은 소리를 지르며 어느새 배를 향해 들이닥쳤다. 뱃사람들이 숯을 들어 던지자, 과연 거인들은 숯을 주워 집으로 돌아가 제자리에 놓고는 다시 달려왔다. 이같이 하기를 서너 번, 배는 해안에서 점점 멀어지고 거인들은 지쳐 바다에 빠져 죽어 버렸다. 이렇게 해서 뱃사람들은 겨우 살아서 돌아올 수 있었다.

청주 상인이 들은 거인 이야기

충청도 청주의 어느 상인이 미역을 사려고 제주도에 갔을 때의 일이다. 어떤 사람이 땅에 딱 붙어 구르듯 와서는 뱃전을 잡고 뛰어오르는데, 머리는 백발이었으나 얼굴은 어린아이였고 두 다리가 없었다.

“당신은 왜 다리가 없소?”

라고 상인이 물으니,

“내가 소싯적에 표류하다가 상어에게 물려서 이렇게 됐소이다.”

라고 대답했다. 상인이 궁금해 어떻게 된 일인지 묻자 자세한 사정을 들려주었다.

젊었을 때, 내가 탄 배가 표류한 적이 있었소. 우연히 어느 섬에 닿았는데, 언덕 위에 높다란 대문이 달린 큰 집이 보이더군요. 배에 같이 탔던 이십여 명이 여러 날 표류한 터라 배고픔과 목마름을 참지 못해 일제히 배에서 내려 그 집으로 달려갔지요. 그런데 거기에는 키가 수십여 길에 허리통은 열 아름이 넘고, 숯검정처럼 시커먼 낯바닥에 쑥 들어간 고리눈을 한 거인이 있지 뭡니까? 게다가 말소리는 당나귀 울음 같아 도무지 알아들을 수가 없더군요.

우리들이 놀란 입을 가린 채 마실 것을 부탁하자, 거인은 아무 말도 없이 대문으로 가더니 문을 굳게 잠가 버리더군요. 그러고는 뒤안으로 가서 땔나무 한 짐을 가져다가 마당 한가운데 쌓아 놓고 불을 피우더니 불길이 오르자 우리에게 들이닥쳐 키가 큰 총각 한 명을 잡아다가 불 속에 던져 구워 먹지 않겠소? 그 광경을 목격한 우리들은 기절초풍, 혼비백산해 머리털이 쭈뼛쭈뼛해졌지요. 서로 얼굴만 쳐다보며 죽기를 기다릴 수밖에 없었소.

거인이 총각을 다 씹어 먹고는, 마루 위로 올라가 독을 열고 무언가를 퍼마시는데 술인가 봅디다. 그 술을 다 마시자 시커먼 낯바닥이 벌겋게 달아오르더니 이윽고 마루에 쓰러져 코를 우레처럼 골며 잠에 빠져들었소. 우리들은 이때다 싶어 탈출하려고 대문을 열어 보았소. 하지만 문 한 짝이 거의 세 칸짜리 집 크기만 한 데다 높아서

• **상어** 원문에는 '악어'로 되어 있는데, 지금의 악어가 아닌 바다에 사는 상어 따위를 가리킨다.
• **고리눈** 눈동자 둘레에 흰 테가 둘린 눈.
• **칸** 집의 기둥과 기둥 사이의 간격.

뛰어넘는 것도 도저히 불가능했지요. 이런 상황이다 보니, 우리들 신세는 그야말로 가마솥에 든 생선이나 도마 위에 놓인 고기와 다를 게 없었다오. 이젠 꼼짝없이 죽게 됐다고 서로 붙들고 통곡만 하고 있는데, 한 사람이 꾀를 냈지요.

"우리 일행 중에 칼을 가진 분이 있으니, 저놈이 곯아떨어진 틈을 타 칼로 두 눈을 찌른 후 목을 따는 게 어떻겠소?"

"그럽시다. 어차피 죽은 목숨이니 실패한들 상관있겠소?"

모두들 그렇게 하기로 하고 일제히 마루로 뛰어올라 먼저 거인의 두 눈을 찔렀지요. 그놈은 벽력같은 소리를 지르더니 일어나 더듬더듬하며 우리들을 잡으려 했지만, 이미 볼 수 없게 된 터라 요리조리 피하는 우리들을 잡지 못하더군요.

모두 흩어져 뒤안으로 갔는데, 가축 우리 속에 오륙십 마리쯤 되어 보이는 양과 돼지가 있더군요. 우리들을 못 찾게 할 양으로 그것들을 전부 내몰아 온 집 안에 뿔뿔이 흩어지게 했지요. 과연 거인이 뜰로 내려와 사방으로 손을 휘저으며 돌아다녔지만 걸리는 건 양 아니면 돼지뿐이었소. 그러자 거인은 대문을 열고 양과 돼지를 내보내더군요. 우리들은 양과 돼지 밑으로 기어들어 가서 그곳을 빠져나왔지요. 결국 무사히 빠져나와 배에 오를 수 있었답니다.

그런데 잠시 후 거인이 해안에 서서 크게 울부짖자, 다른 거인 세 놈이 어느 구석에선가 나오더군요. 한 발짝에 대여섯 칸씩 성큼성큼 뛰어 눈 깜짝할 사이에 우리가 탄 배로 다가와 뱃전을 잡지 않겠소? 우리들은 다시 사력을 다해 그놈들의 손가락을 도끼로 찍고 정신없이 노를 저어 섬을 빠져나왔지요.

그런데 곧 세찬 바람을 만나 배가 바위에 부딪혀 산산이 부서지고 말았소. 배에 탔던 사람들은 모두 빠져 죽었고, 나만 다행히 부서진 배의 조각을 붙잡고 망망대해를 떠다니다가 천신만고 끝에 집으로 돌아올 수 있었소. 그때 상어에게 두 다리를 잃었던 거고……. 그때만 생각하면 지금도 몸서리쳐지고 치가 떨려 온몸이 오싹오싹합니다. 이게 다 팔자가 흉악한 때문이지요.

그러면서 그 사람은 긴 한숨을 내쉬는 것이었다.

이야기 ···
둘

섬에서 이무기를 잡은 사연

박 포장은 훈련도감의 군졸이다. 그는 성실했지만 얼굴이 못생겨 늘 궁상맞다는 조롱을 받았다.

박 포장은 술을 무척이나 좋아했으나 집이 가난해 마음대로 마실 수가 없었다. 그러다가 급료로 쌀을 타면 당장 주막으로 달려가 술을 받아 혼자 골방으로 들어가서는 문을 잠근 채 며칠 동안 밖으로 나오지 않았다. 수상하게 여긴 아내가 어느 날 몰래 문구멍으로 엿보았다. 그랬더니 처음엔 두 손을 모으고 엄숙히 앉아 술을 앞에 놓고 한참을 음미하며 벌컥벌컥 마시지 못하는 모양이 마치 사랑하는 여인을 대하는 것 같았다. 그러다가 갑자기 껄껄 웃고는 두 손으로 술 대접을 받치고 쭉 들이켜더니 안주도 먹지 않고 '좋다!' 하며 일어나서 무릎을 치고 노래를 불렀다. 또 빙빙 돌다가 몸을 구부리고 동이에다 술을 토해 냈다. 토한 술은 처음 사 왔을 때의 양만큼 동이에 차서 조금도 축이 나지 않았다. 그러더니 토한 술을 다시 들이켜기에, 이제는 마시는가 싶었더니 또다시 토하는 게 아닌가? 이렇게 몇 번을 반복하는 사이, 해가 저물고 밤이 지나 어느덧 새벽이 되었다.

이튿날 아내가 곡절을 물어보니 대답이 가관이었다.

"내가 주량이 워낙 세서 어지간히 마셔서는 배를 채우기 어렵다네. 한 번 꿀꺽 마셔 버리고 나면 갈증을 참을 수가 있어야지. 그래서 마셨다가 토해 냈다가 하며 아쉬운 대로 목을 축이고 흥을 돋우는 것이라네."

이런 박 포장이 한번은 사신 일행을 수행하게 되었다. 옛날에는 중국을 바닷길로 왕래했는데 사신들 중 상사, 부사, 서장관이 각각 다른 배에 타고 문서도 각기 조금씩 나눠서 가지고 가 불의의 사고에 대비했다. 가령 고려 때 상사인 홍사범은 바다에 빠져 죽고 서장관인 정몽주는 홀로 살아 돌아온 예가 그렇다.

사신을 태운 배는 장연, 풍주에서 출발해 발해를 건넜는데, 수천 리 물길에 수많은 섬을 거치고 바람과 조수를 살펴 항로를 택하기 때문에 항해 중에 필요한 물건이 많았다. 거기에다 중국에 가서 무역할 물품과 수행원에 이르기까지 배 안에 가득했다. 배가 출발하자, 지방관이 풍악을 크게 울리며 전송하고 친족들은 뱃전을 잡고 눈물을 흘리며 배웅했다.

박 포장은 상사가 탄 배에 오르게 되었다. 배에 같이 탄 수행원들은 중국에서 무역을 할 속셈으로, 가진 재산을 거의 다 털어 물건을 준

비한 탓에 짐 꾸러미가 터질 듯했다. 하지만 박 포장은 홀로 빈 몸이 어서 함께 간 사람들의 비웃음을 살 정도였다. 배가 넓은 바다로 나아 갔을 즈음, 파도가 갑자기 크게 일어 배를 뒤흔들었다. 위험이 눈앞에 닥치자 사공이 외쳤다.

"일행 중에 불길한 사람이 있나 봅니다. 모두 옷을 벗어 제게 주십 시오."

그러자 모두들 어쩔 수 없이 옷을 하나씩 벗기 시작했다. 사공은 한 벌씩 차례로 그 옷들을 물속에 던졌지만, 아무 일도 일어나지 않았다. 그러나 마지막으로 박 포장의 옷을 던지자 신기하게도 옷이 파도 속에 잠기는 게 아닌가!

"한 사람 때문에 모두가 죽을 순 없지요. 바라건대 저 옷의 주인을 속히 바다에 던져 나머지 사람들을 구해야 합니다."

사공이 이렇게 말했으나, 상사는 죄 없이 죽게 된 박 포장이 안됐다 싶어 한참을 묵묵히 생각하다가 사공에게 물었다.

"이곳 가까이 섬이 있느냐?"

"조그만 섬이 여기서 멀지 않은 곳에 있습죠."

* **포장**(砲匠) 총이나 포 따위를 만드는 장인.
* **상사**(上使), **부사**(副使), **서장관**(書狀官) 조선 시대에 중국이나 일본에 파견되는 사신에게 주어진 주요 요 직으로 흔히 셋을 합쳐 삼사(三使)라고 했다. 사신 일행의 책임자인 상사는 정사(正使)라고도 하며, 부사는 상사를 도와 일행을 전반적으로 관리하는 부책임자였다. 서장관은 주로 공문서 등의 외교 문서를 담당했다.
* **장연**(長淵), **풍주**(豐州) 현재 황해도에 있는 고을.
* **발해**(渤海) 한국과 중국 사이의 바다. 지금은 황해라고 부르나 과거에는 발해라고 했다.

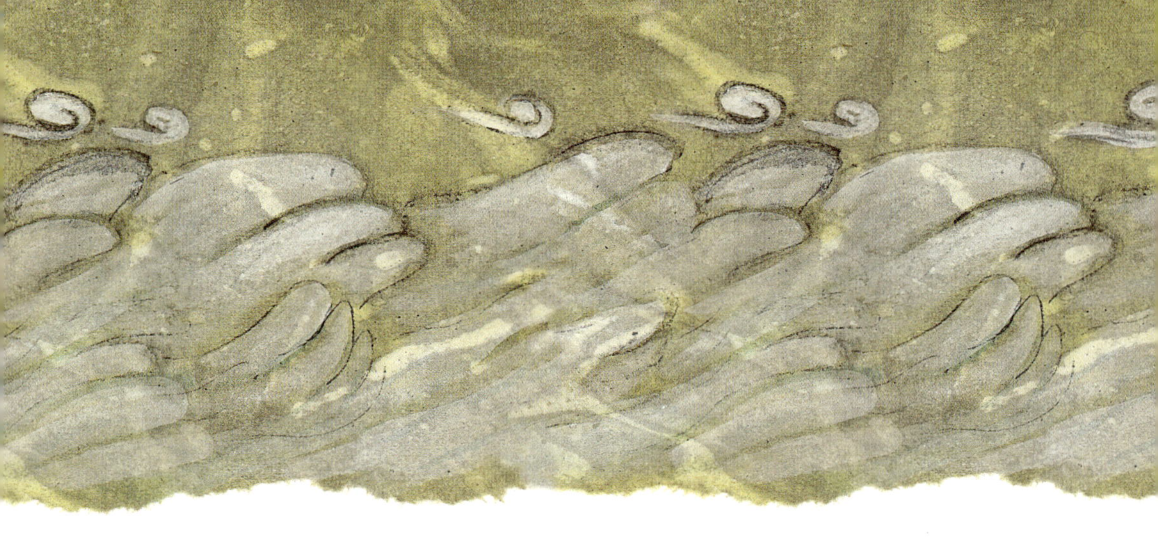

상사는 뱃머리를 돌려 그 섬에 배를 대고 박 포장을 내려놓으라고
명령했으나 차마 못할 노릇이었다.

"어떻게 사람을 죽을 곳에 내버려 둔단 말이냐? 바람이 잠잠해지는
듯하니 굳이 안 그래도 되겠구나."

상사는 다시 닻을 올리라고 명했다. 그런데 배가 빙빙 돌면서 출항
을 하지 못하는 것이었다. 그러자 모두들,

"지금 이 배 안에 틀림없이 화를 당할 사람이 있는 듯하니 한번 시
험해 봅시다!"

라고 해, 한 사람씩 배에서 내리게 했다. 그러자 다른 사람들이 내렸
을 때는 위태롭게 빙빙 돌던 배가 박 포장이 내리자 가뿐히 움직이는
것이었다. 더 이상 어쩔 수 없는 일이었다. 일행은 의논 끝에 식량과
의복, 솥, 도끼, 칼 따위를 챙겨 박 포장을 섬에 내려 주었다. 그러고
나서 돌아오는 길에 반드시 들러 데려가겠다는 약속을 했다.

섬에 홀로 버려진 박 포장은 두려웠다. 염라대왕의 손자라 할지라도
망망대해 외딴섬에서라면 꼼짝없이 죽고 말겠구나 싶었다. 그래도 살

기 위해 풀을 얽어 움막을 짓고는 비바람과 추위와 더위를 피했으며, 조개와 소라를 줍고 청개구리와 메뚜기를 잡아서 배를 채웠지만 밤에는 잠을 이룰 수 없었다.

그런데 매일 새벽마다 바람이 산을 흔들며 언덕을 스쳐 바다로 나갔다가, 해가 지면 다시 바다에서 물결을 일으키며 섬으로 불어왔다. 그 소리가 너무도 특이해 단순히 바람이 지나가며 내는 소리 같지가 않았다.

어느 날, 박 포장은 바람이 부는 소리가 들리자 얼른 나무숲에 몸을 숨기고 엿보았다. 그랬더니 엄청나게 큰 이무기가 지나가는 것이었다. 대들보 같은 커다란 몸통에 길이가 수백 자는 될 듯했다. 눈깔을 이글이글 번득이며 굴속에서 기어 나와 곰, 사슴, 멧돼지 등을 닥치는 대로 집어삼키더니, 바다로 들어가서는 물고기와 거북 등을 닥치는

• 이무기 전설상의 동물로, 저주를 받아 용이 되지 못하고 물속에 사는 큰 구렁이.

대로 먹어 치우는 것이었다. 이무기가 지나간 길에는 도랑이 패었는데, 큰 배가 지나갈 수 있을 것처럼 폭이 넓었다.

박 포장은 칼을 예리하게 갈아서 이무기가 다니는 길목 곳곳에 날을 위로 해 묻어 두고, 또 주변의 대나무를 전부 베어 밑둥을 뾰족하게 깎아 놓았다. 해가 지자 이무기는 평소처럼 바다에서 나와 그곳을 지나갔다. 그러자 칼날과 대 끝에 찔려 주둥이에서 꼬리까지 찢어졌다. 그런데 이무기 몸 안에서 온갖 보물이 쏟아져 나와 골짜기에 흩어지는 것 아닌가.

　며칠이 지나자 온 숲에 비린내가 진동하고 썩는 냄새가 코를 찔렀
다. 박 포장이 가 보니 커다란 이무기가 죽어 있었는데, 그 옆에 보석
들이 반짝반짝 빛을 내며 널려 있었다. 박 포장은 풀로 자루를 엮어
그 보석들을 담고는 헌 옷가지로 덮어 두었다.

　반년 정도 지난 어느 날, 큰 배가 돛을 달고 바다 가운데 나타났다.
그 배는 섬으로 점점 다가왔는데 배 안에서,

　"박 포장, 박 포장!"

하며 외치는 소리가 들렸다. 바로 중국에 다녀오는 사신들을 태운 배
였다. 다시 만난 사신 일행과 박 포장은 서로 손을 잡고 기뻐했다. 박
포장이 올라 보니 수행원들은 중국에서 무늬가 있는 비단 따위를 사
서 배에 가득 싣고 돌아오는 길이었다. 박 포장은 보석이 담긴 자루를
실어 달라고 부탁하며 거짓말을 했다.

　"여러분은 모두 중국에서 값진 물건을 얻었는데, 저는 홀로 섬에 남

겨져 여러분을 눈이 빠지게 기다리고 있었답니다. 이게 다 운수겠지요. 무슨 면목으로 돌아가 처자식을 대할지…… 하릴없이 바닷가에서 둥글둥글한 자갈을 주워 모았는데, 혹시 상다리를 고이고 베틀을 받쳐 아내가 길쌈하는 데 쓰일지 몰라서……"

이리해 박 포장은 대여섯 개의 자루를 싣고 올 수 있었다. 사람들은 속으로는 비웃었으나 한편으로는 박 포장을 불쌍히 여겼다. 박 포장은 귀국해 그 보석들을 시장에 팔아 돈으로 바꾸었는데, 그 액수가 자그마치 수백만 냥이나 되었다. 그리해 나라에서 몇 손가락 안에 드는 유명한 갑부가 되었다고 한다.

이야기 …
셋

태백산 암자에 사는 구미호

안동의 김생이란 자는 원래 양반 출신으로, 나이는 스물이고 키가 팔 척이나 되는 거구였다. 혼자서 몇 사람을 당해 낼 만한 담력을 지니고 있었으며 재주 또한 남달랐다. 그래서 고을에서는 김생에 대한 칭송이 자자했고 훗날 반드시 높은 벼슬에 오를 것이라 기대했다.

때는 인조 임금 시절이었다. 김생은 태백산 용문사에 가서 공부를 할 셈으로 길을 떠났다. 마침 한 곳을 지나가는데 계집종도 없이 하인 대여섯만이 뒤따르고 있는 가마 하나가 느닷없이 뒤에서 다가왔다. 김생은 그 가마와 앞서거니 뒤서거니 가다가 조그마한 언덕을 사이에 두고 숲 속에서 잠깐 쉬게 되었다. 김생이 가마 쪽으로 다가가 보니 믿을 수 없는 광경이 벌어지고 있었다.

가마를 끌던 말은 길 가운데 고꾸라져 있고 따르던 하인들은 모두 언덕 옆에 죽어 있는데, 가마는 어디로 갔는지 보이지 않았다. 김생은 몹시 놀라고 괴이쩍어 사방을 두리번거리며 주변을 살폈다. 곧이어 산 꼭대기에 버려져 있는 가마를 발견했는데, 흉악하게 생긴 중 하나가 가마에 들락날락하며 타고 있는 여인을 희롱하는 것이었다.

김생은 분개해 그곳으로 뛰어 올라갔다. 그러나 중은 전혀 아랑곳하지 않고 계속 가마에 탄 여인을 괴롭히고 있었다. 김생은 팔을 휘두르며 소리쳤다.

"승과 속이 다르고 내외가 유별하거늘, 너는 어떤 중놈이기에 이런 해괴한 짓을 서슴지 않는단 말이냐?"

김생의 호통에도 중은 꿈쩍도 않고 비아냥거리며 가마에 탄 여인을 괴롭힐 뿐이었다. 김생이 더욱 화가 치밀어 재차 꾸짖었으나,

"너는 뉘 집 자식인데 내 일에 관여해 이리 귀찮게 구느냐? 빨리 집에 돌아가 엄마 젖이나 더 먹어라."

라고 하는 게 아닌가!

"네 목숨은 내 손에 달렸거늘 감히 이렇게 당돌하다니!"

그러자 중이 버럭 화를 냈다.

"어린 놈이 목숨이 아깝지 않은가 보군!"

중은 말을 마치기가 무섭게 몸을 펄쩍 솟구쳐 김생을 내리치려 했다. 이에 김생은 고함을 지르며 오른손으로 중의 소매를 잡고 왼손으로 몸을 번쩍 들어 땅에 내리꽂았다. 땅에 널부러진 중은 외마디 소리조차 못 지르고 그 자리에서 죽고 말았다.

가마에 타고 있던 여인은 김생에게 감사하다는 인사를 했다.

"첩이 불행해 이런 변고를 당했는데, 군자께서 첩을 구하셨군요."

"놈을 없애 버렸으니 나 또한 통쾌하오. 집으로 잘 돌아가기 바라오."

김생이 바로 옷을 털고 떠나려 하자 여인은 눈물을 흘렸다.

"중에게 이런 욕을 당했으니 제가 무슨 낯으로 돌아가겠습니까? 의롭지 못하게 사느니 차라리 죽는 게 낫겠어요."

그러더니 옆에 있던 큰 연못에 몸을 던지는 게 아닌가! 놀란 김생이 달려가 끄집어냈으나 여인은 이미 숨을 거둔 뒤였다. 하는 수 없이 김생은 여인을 언덕 위에 묻어 주고 길을 떠났다.

용문사로 간 김생은 날마다 책을 읽으며 몇 개월을 지냈다. 용문사가 있는 산자락 꼭대기에 작은 암자가 하나 있었는데 김생은 그 암자

* **용문사**(龍文寺)　지금은 남아 있지 않은 절로, 경기도 가평의 용문사와는 다른 절이다.

를 간혹 바라보곤 했다. 하지만 거기서는 연기 한 번 난 적이 없었다. 김생이 이상히 여겨 노스님께 여쭈었으나, 노스님도 궁금해 하기는 마찬가지였다.

"소승이 여기서 자랐고 또 수도한 지도 오래되었지만, 저 암자를 가까이서 제대로 본 적이 없소이다. 여기서 보면 저 암자가 가까운 것 같아도 막상 가서 보면 사방에 구름과 노을이 일어 지척을 분간할 수가 없고, 갑자기 사라져 찾을 수 없게 되더이다. 그런 적이 한두 번이 아닌지라 아직까지 들어가 보지 못했습니다. 그러니 어떤 곳인지 전혀 모를밖에요."

김생은 믿을 수 없다는 듯 목소리를 높였다.

"스님, 어찌 그런 일이 있답니까?"

그 길로 김생은 칼을 뽑아 들고 나섰다. 석벽을 기어오르고 계곡을 뛰어넘어 곧장 꼭대기로 오르니 암자가 보였다. 암자는 작았지만 말끔했다. 문이 열려 있어 김생이 곧장 마루로 들어가 보니, 붉은 치마에 푸른 소매의 옷을 입은 여인이 앉아 있었다. 안색과 태도가 견줄 데 없이 아름다운 그 여인은 김생이 온 것을 보고는 미소를 지으며 들어오라고 권했다.

"애초 기약이 없었는데도 이렇게 오셨으니 아마도 우연이 아닌가 봅니다."

김생은 불현듯,

'이 깊은 산꼭대기에 어찌 여자 혼자 있단 말인가? 사악한 도깨비가 분명해.'

하는 생각이 들었다. 그래서 김생은 가차 없이 칼을 뽑아 여인을 찔렀다. 여인은 순간 옆으로 피하면서 성을 버럭 냈다.

"죄 없는 사람을 공연히 죽이려 하다니, 이 무슨 짓이오?"

김생이 다시 칼을 들고 다가서자 여인이 이번에는 몸을 공중으로 날려 피했다. 김생은 계속 추격하며 서로 피하고 쫓기를 반복했으나 끝내 벨 수가 없었다. 이렇게 하기를 한나절, 어느새 날이 저물어 김생은 어쩔 수 없이 용문사로 돌아와야 했다. 여러 중이 어떻게 되었느냐고 묻자, 김생은 자초지종을 얘기하고 다짐을 했다.

"내일 아침 공양을 하고 가서 기필코 해치우고 말겠소."

그러자 중들은 세상에 그런 일이 있냐며 웅성댔다. 김생은 분을 삭이지 못해 앉은 채로 밤을 새웠다. 날이 밝자마자 김생은 밥과 국을 한 그릇씩 먹고 다시 그 암자로 올라갔다. 여인은 김생이 또 오자 화를 냈다.

"어제 나를 그렇게 괴롭히더니 그것도 모자라 다시 왔단 말인가? 내가 여기 오래 있었어도 남에게 해를 끼친 적이 없거늘, 당신은 어떤 인간이기에 나를 계속 괴롭히는가? 도대체 원수가 아니고 뭐란 말인가?"

"너는 음흉한 요물로, 네 목숨은 내 처분에 달려 있다. 군자인 나는 목숨이 하늘에 달려 있으니 네가 어떻게 할 수 있겠느냐?"

김생은 다시 칼을 뽑아 내리쳤다. 그러나 여인은 전날처럼 피해 버렸고, 그날도 하루 종일 쫓았으나 허사였다. 이렇게 연거푸 사흘 동안을 시도했으나 끝내 없애지 못했다. 김생은 분통이 터졌으나 그냥 돌아올 수밖에 없었다. 산을 내려와 연못가를 지나는데, 맞은편에 있던 한 여인이 가까이 다가왔다. 자세히 보니 예전에 길에서 만났던 가마 탄 여인이 아닌가!

"너는 연못에 몸을 던져 죽지 않았더냐? 어떻게 여기에 있지?"

"저는 사람이 아니고 귀신이랍니다. 저번에 연못에 몸을 던졌을 때, 동해 용궁에 가게 되었습니다. 용왕님께서 저를 열녀라 칭찬하고 아내로 삼아 주셨지요. 저는 선비님의 은혜를 마음에 새겨 항상 잊지 못하고 있었나이다. 마침 선비님께서 큰 화를 만나 죽을 위험에 빠져 계시기에 구해 드리려고 이렇게 나왔나이다.

선비님께서 죽이려는 그 요물은 바로 천 년 묵은 구미호랍니다. 자유자재로 둔갑해 요망한 일을 아무 때나 저지르지요. 신병으로도 잡을 수 없는 요물을 선비님 한 몸과 칼 한 자루로 잡는다는 게 가당키나 하겠습니까? 절대 불가능한 일이니 용궁에 돌아가 도움을 청해 볼까 합니다. 내일 아침 푸른 구름이 동쪽에서 피어오르면 일이 제대로 진행되는 줄로 아세요."

여인은 그런 말을 남기고는 물속으로 들어가 버렸다. 김생은 여인의 말을 믿고 돌아와 중들에게 그 사실을 얘기해 주었다. 다음 날 새벽 저 멀리 동쪽을 바라보니, 과연 푸른 구름이 바다 위에서 피어올랐다. 얼마 후 구름이 하늘을 덮으며 암자로 향했다. 이윽고 번개와 벼락이 내리치며 큰 바람이 몰아쳤다. 암자 주변에 먹구름이 잔뜩 깔려 앞을 분간할 수 없었는데, 살벌한 소리가 귓전을 울렸다. 이렇게 반나절이 지나서야 구름이 흩어지고 천지가 밝아졌다.

"오늘은 필시 요물이 죽었겠군."

김생은 신이 나서 가 보려고 했으나, 날이 이미 저문 뒤였다. 다음 날 일찍 김생이 올라가서 살펴보니, 암자는 그전과 똑같았다. 더구나 요물은 그 자리에 그대로 앉아 있는 게 아닌가.

여인은 발끈했다.

"아무리 해도 네깟 것들이 나를 당해 낼 줄 알고? 동해의 용왕이 비바람을 몰고 와도 나를 어쩌지 못하는데 말이야."

김생은 갑자기 두려워졌다. 그래서 뒤도 돌아보지 않고 달려가다가 다시 그 연못가를 지나게 되었다. 역시 어제 만났던 여인이 거기서 기다리고 있었다.

"동해 용왕님의 성품이 워낙 온후해 잔혹한 짓을 하지 못하지요. 저 요물이 수없이 요망한 짓을 자행하는데도 죽이지 못했으니 한탄할 수밖에요. 그런데 마침 제 동생이 서해 용왕님의 아내랍니다. 서해 용왕님은 성품이 엄해 반드시 이 일을 해결할 수 있을 것이니, 제가 가서 간청하면 들어주실 겁니다. 앞으로 사흘 후 서쪽에서 흰 구름이 일면 필시 일이 시작된 것으로 아십시오. 그때를 기다려 주세요."

여인은 말을 마치자마자 사라졌고, 김생은 용문사로 돌아왔다. 약속한 날이 되자 학수고대하던 중들은 암자를 바라보았고, 김생도 바위 위에 단정히 앉아서 서쪽 봉우리를 응시하고 있었다.

● **신병**(神兵) 신이 보낸 군사라는 뜻으로, 도저히 맞싸울 수 없는 강한 군사를 가리킨다.

아침이 되자 과연 흰 구름이 서쪽에서 일더니 암자로 향했다. 잠시 후 천지가 어두워져 지척을 분간할 수 없게 되었는데, 번개와 우레 소리, 세찬 바람 소리가 전날에 비해 갑절은 세졌다. 하루 종일 소리가 그치지 않자, 중들은 감히 밖에 나갈 엄두를 내지 못했고, 아랫마을 사람들도 두려움에 떨며 꼼짝도 못했다. 집과 기왓장이 날리고 나무가 모두 뽑혀 나갔다. 그리고 다음 날이 되어서야 겨우 잠잠해졌다.

김생은 중 대여섯과 함께 암자로 올라가 보았다. 집채는 하나도 남은 게 없었다. 주변의 큰 나무들도 뿌리째 뽑혔고, 바위는 한쪽에 담을 쌓은 듯 놓여 있었다. 그리고 그 사이에 커다란 여우 한 마리가 죽어 있었다. 꼬리가 아홉 개이고 몸뚱이는 큰 소만 했다. 그 광경을 지켜보던 중들은 놀라 자빠질 뻔했다.

"이런 요물을 죽이지 않았다면 엄청난 재앙이 닥쳤을 거야!"

김생은 주변을 둘러보고 내려와 연못가에서 두 번 절을 올렸다. 그러자 여인이 나타났다.

"선비님은 이제 요물을 제거하셨으니, 영원히 복을 받아 출세할 것이옵니다. 이 얼마나 다행한 일입니까?"

하며 정중히 절을 올리고 떠나갔다.

용문사로 돌아온 김생은 그날 밤 꿈을 꾸었는데, 느닷없이 귀졸이 들이닥쳐 김생을 붙잡아 순식간에 염라국으로 데려갔다. 귀졸은 김생을 넓은 뜰로 끌고 들어갔다. 주변에는 수없이 많은 시위대가 행렬을 이루고 있었다. 높은 자리에 누군가 앉아 있는데, 왕관을 쓰고 곤룡포에 옥대를 두른 모습이 근엄한 왕의 풍모였다. 그 아래에 한 미인이 엎드려 있었으니, 바로 그 구미호였다. 구미호가 왕에게 아뢰었다.

"첩이 깊은 산에 숨어 산 지 천 년이 지났으되, 남에게 해를 끼친 적이 없나이다. 그런데 저 정신 나간 선비 김생이 공연히 저의 거처를 침범해 괴롭히더니, 급기야 서해 용왕에게까지 신병을 요청했나이다. 파견된 신병들이 첩을 잔인하게 죽이고 암자를 모두 부수니, 이 몸 억울하기 짝이 없사옵니다."

왕이 김생에게 물었다.

"과연 그런 일이 있는가?"

김생은 절을 올리고 나서 요망한 짓을 벌인 요물의 전후 사정을 다 진술했다. 그러나 구미호는 이를 수긍하지 않았다. 한참 실랑이를 벌이자, 왕은 관리에게 명해 태백산 산신령과 서해 용왕에게 편지를 보내 이 일을 확인하도록 했다. 얼마 후 두 곳에서 답신이 왔는데, 김생의 말과 같았다. 요물은 더 이상 변명을 하지 못했다.

"네가 인간 세상에서 요망한 짓을 해 남을 해쳤거늘, 아직도 거짓으로 변명하는구나. 지옥으로 보내 다시는 인간 세상으로 나오지 못하게 해라."

왕의 엄명이 떨어지자, 귀졸들은 즉시 구미호에게 쇠고랑을 채워 데

● **귀졸**(鬼卒) 귀신의 모양을 한 병졸. 염라 세계나 지하 세계에 있다는 상상의 존재이다.
● **시위대**(侍衛隊) 임금이나 고관을 지키기 위해 조직된 무리.
● **곤룡포**(袞龍袍) 임금이 행사를 치를 때 입던 옷.
● **옥대**(玉帶) 임금이나 관리의 옷에 두르던 옥으로 장식한 띠.

려갔다. 왕은 김생을 돌아보고 칭찬했다.

"그대가 갑자기 여기에 온 터라 과인이 상으로 줄 만한 게 없구나."

그러더니 다시 관리에게 명해 장부를 가져오게 했다. 그 장부에는 김생의 이름이 쓰여 있었는데, 왕은 그 아래에 '요물을 제거했으니 수명을 십이 년 연장하노라.'라고 쓰고는 김생을 보내 주라고 했다. 김생은 절을 올리고 물러나 다시 용문사로 돌아왔다. 순간 놀라 깨어 보니 꿈이었다.

몇 년 후에 김생은 과거에 급제해 고관이 되었으며, 세상에 이름을 드날렸다. 그리고 일흔이 넘도록 장수하다가 죽었다 한다.

● **과인**(寡人)　임금이 자기를 낮추어 이르던 말.

이야기 …

넷

변방의 괴물 출현 소동

검은 보자기의 귀물

무사 이만지는 영남 사람이었는데, 억세고 사나운 기질에다 짙푸른 눈동자를 가진 특별한 자였다. 이만지는 '여태껏 두려워하는 마음이라곤 가져 본 적이 없다.' 하며 사람들에게 으스대곤 했다.

어느 날의 일이었다. 물을 퍼붓듯 폭우가 쏟아지고 천둥과 번개가 내리쳤다. 순간 항아리만 한 흙덩이들이 집 안으로 밀려들더니, 방 안과 대청, 부엌과 행랑채 등 집 안 전체를 휩쓸었다. 그러기를 두세 차례, 이번엔 번쩍번쩍 섬광이 비치고 우르릉 쾅쾅 하는 소리가 천지를 진동했다. 그러나 이만지는 조금도 두려워하는 기색 없이 꼿꼿하게 앉아 있었으니,

'죽을죄를 지은 적도 없는데 내가 왜 벼락을 맞겠어?'

하는 생각에서였다. 마당 앞에 서 있던 큰 홰나무가 벼락을 맞고 부러지기는 했지만, 얼마 후 비가 그치고 우레도 멈췄다. 그제야 이만지는 자리에서 일어나 집 안을 살펴보았다. 아내와 자식들은 숨이 막혀 기절한 상태였고, 가까스로 살려 내긴 했으나 결국 병으로 죽고 말았다. 그 후 이만지는 서울로 올라와 벼슬을 얻어 오위장이 되었다.

얼마 후, 이만지는 북도의 별해 첨사에 제수되어 별해진으로 부임하게 되었다. 그런데 이곳에는 첨사들이 부임하는 족족 바로 숨져 버리는 괴변이 나고 있었다. 이 때문에 관아를 폐쇄하고 백성들의 살림집으로 관아를 옮긴 일이 벌써 서너 번이나 되었다. 그런 사정을 알고서도 이만지는 아랑곳하지 않고 당당하게 부임했다. 자신의 기백과 신념을 믿은지라 관리들에게 닫힌 관아를 다시 열어 깨끗이 정리하도록 했다.

부임하던 날, 이만지는 첩더러 방에 들어가 있으라고 하고 자신은 홀로 동헌의 마루에 등불을 밝히고 앉았다. 밤이 깊어 갈 즈음, 이상한 물체 하나가 방에서 나왔다. 꼭 나무토막에 검은 보자기를 씌운 듯한 모습이었는데, 얼굴과 눈이 보이지 않는 그야말로 귀물이었다. 귀물은 점점 다가오더니 이만지의 앞에 앉았다. 이어 다른 두 물체가 뒤따라 나오는데, 모양이 똑같았다. 세 귀물은 점점 간격을 좁히며 바싹 다가왔다. 이만지는 조금씩 뒤로 물러나다가 등이 벽에 닿아 더는 물러나 앉을 곳이 없게 되자 버럭 고함을 질렀다.

- **오위장**(五衛將)　조선 시대 때 전후좌우와 중앙의 다섯으로 나눈 군대 편제인 오위의 수장.
- **첨사**(僉使)　첨절제사(僉節制使)의 준말. 절제사 아래에서 각 진영을 다스렸던 무관직이다.
- **별해진**(別害鎭)　주로 함경도와 평안도의 북쪽 변경 지역을 '별해', 즉 군사적·지역적 요충지로서 이곳에 설치한 진을 말한다.
- **귀물**(鬼物)　괴기한 물체.

“어떤 귀물이기에 감히 관리가 부임하는 날에 이런 식으로 나타난 단 말이냐? 뭔가 바라는 게 있어서 너희들이 이런다면 내 들어줄 터이니 직접 말해 보아라.”

그러자 가운데 앉아 있던 귀물이 소리를 내었다.

“배가 고파요!”

“그래, 너희들의 뜻을 알았으니 먹을 음식을 차려 주겠노라. 그러니 속히 물러가도록 해라.”

그와 동시에 이만지가 주문을 외며 손가락을 퉁겨 소리를 내자, 세 귀물은 약간 주춤하는 기색을 보였다. 그 틈을 타 이만지는 제일 앞에 앉은 놈을 주먹으로 힘껏 내리쳤다. 그런데 놈이 몸을 기울여 피하는 바람에 허공을 가른 주먹은 마룻바닥만 치고 말았다. 이만지는 손뼈가 부러지며 큰 상처를 입고 말았다.

“아니, 손님을 이렇게 대하다니……. 당장 가겠소!”

세 귀물은 일제히 일어나 마루를 내려가더니 순식간에 사라져 버렸다.

다음 날, 이만지는 무당을 불러다 소를 잡고 큰 굿판을 벌였다. 굿은 사흘 밤낮을 하고서야 끝이 났다. 이때부터 별해진에는 귀물들이 출현해 해코지하는 일이 더 이상 일어나지 않았다.

악취를 풍기는 안개 괴물

오래전, 함경도 북방 변경의 어느 고을에서 악취를 풍기는 괴물이 나타나는 소동이 있었다.

이 소동으로 고을의 수령이 부임한 지 십여 일 만에 갑자기 죽는 변고가 생겼는데, 그 후임으로 온 수령 대여섯 명도 모두 죽어 나갔다. 그러자 사람들은 이곳 수령 자리를 기피했고, 발령을 받아도 온갖 핑계를 대며 부임하지 않았다.

한 무관이 있었다. 무관은 벼슬길에 오르기는 했으나 낮은 벼슬을 전전하고 있었다. 그러던 차에 이 고을 수령으로 발령을 받게 되었다. 평소 담력과 힘이 출중했던 무관은,

'귀신이나 마귀를 만난다고 죄다 죽겠는가? 내가 한번 가 볼 테다!'
라고 자신하며 기꺼이 받아들이기로 했다. 무관은 곧장 조정에 하직 인사를 올리고 그 고을에 부임했다.

관아에 도착한 무관은 동헌에 혼자 거처하면서 장검 하나를 항상 몸에 차고 있었다. 부임한 첫날부터 고기 썩는 냄새가 바람을 타고 조금씩 밀려들기 시작하더니, 날이 갈수록 점점 더 심해졌다. 대엿새가 지난 뒤에는 악취와 함께 안개 같은 것이 둥둥 떠서 밀려왔다. 안개는 날이 갈수록 짙어졌고 악취는 더 이상 견딜 수 없는 지경이 되었다.

이렇게 열흘이 지나갔다. 이제는 수령이 죽었으리라 짐작하고 아전과 하인들이 모조리 달아나 버리니, 주위에는 아무도 남아 있지 않았다. 무관은 부임한 첫날부터 자리 옆에 술동이를 놓고 통술을 마시면서 버텨 왔던 참이었다. 이날은 다른 때보다 더 곤드레만드레 취해 있었다. 이윽고 밤이 되자 무언가가 동헌 안으로 들이닥쳤다. 안개 기운이 뭉쳐서 이뤄진 듯 보이는 그것은, 크기가 네댓 아름쯤 되고 길이는 몇 장쯤 되어 보였다. 얼굴과 머리, 몸체와 손발의 경계는 불분명했지

만, 위쪽으로 두 눈알이 번쩍번쩍했다.

　무관은 자리를 박차고 일어나 뜰로 내려와선 고함을 지르며 안개 기운을 향해 돌진했다. 칼을 힘껏 내리치자 우레 치는 듯한 소리가 울려 퍼졌다. 그러자 안개 기운은 바로 흩어져 한 점도 남지 않고 사라졌고, 악취 또한 없어졌다. 그제야 무관은 칼을 땅에 내던지고 술기운에 엎어져서는 그대로 곯아떨어졌다.

　다음 날 아침, 관속들은 분명 무관이 죽었겠거니 생각하고 시신이나 거둘 양으로 동헌에 들어갔다. 그런데 무관이 문 안쪽에 엎드려 누

워 있는 것을 발견하고는 모두가 놀라 수군거렸다.

"어, 이전 원님들의 시신은 모두 동헌 위에 있었는데……."

"어째서 지금 원님은 뜰 아래에 있을까?"

"참으로 괴이한 일이구먼!"

그러더니 몇 사람이 앞으로 와서 무관을 거두려고 했다. 그러자 무관이 벌떡 일어나 앉더니 눈을 부라리며 소리를 지르지 않는가! 이들은 너무 놀라 뒤로 물러나 엎드려 두려움에 벌벌 떨 뿐이었다.

그 뒤부터 악취 나는 괴물의 해악은 영영 사라졌다 한다.

이야기 …

다섯

변신한 요물의 정체

원수를 갚은 구렁이

옛날에 괴력을 가진 무사가 서울의 동쪽 수구문 안에 살고 있었다. 수구문이란 성벽의 바닥에 구멍 다섯 개를 내어 성 안 광통교의 큰 냇물이 흐르게 하고, 구멍 가운데에 작은 철 기둥을 나란히 세워 사람이나 짐승의 출입을 막은 곳이다.

하루는 큰 구렁이가 성 밖에서 수구문으로 기어 들어왔다. 대가리는 철 기둥 사이를 이미 빠져나왔지만 몸통이 너무 커서 통과하지 못한 채로 기둥 사이에 끼게 되었다. 이를 본 무사는 활을 겨누어 대가리를 쏘아 맞혔다. 구렁이는 대가리가 터지면서 즉사했다. 무사는 죽은 구렁이를 끄집어내어 작대기로 두들겨 짓이긴 후에 내다 버렸다.

그 뒤, 무사의 아내가 임신을 해 사내아이를 낳았다. 아이는 갓난아

기 때부터 아비를 보면 눈알을 부라리고 괴성을 질러 댔는데, 자랄수
록 이런 증세가 더욱 심해졌다. 무사도 귀여운 아들이 이렇자, 점점 의
심이 들었고 결국 미워하게 되었다.

　그러던 어느 날이었다. 무사가 낮잠을 자려고 방에 누웠는데, 마침
아이가 곁에 있었다. 무사는 손으로 얼굴을 가리고 자는 척하면서 아
이를 몰래 살폈다. 그랬더니 아이가 눈을 부릅뜨고 째려보는데, 분한
기운이 활활 타오르는 것 같았다. 아비가 잠든 줄 알았는지 아이는 급
기야 단도를 들고 점점 가까이 왔다. 막 찌르려던 찰나, 무사가 벌떡
일어나 칼을 빼앗고 큰 막대기로 사정없이 두들겨 팼다. 아이는 얻어
맞아 그만 죽고 말았다. 무사는 시신을 밖에 내다 버리고 집을 나가
버렸다.

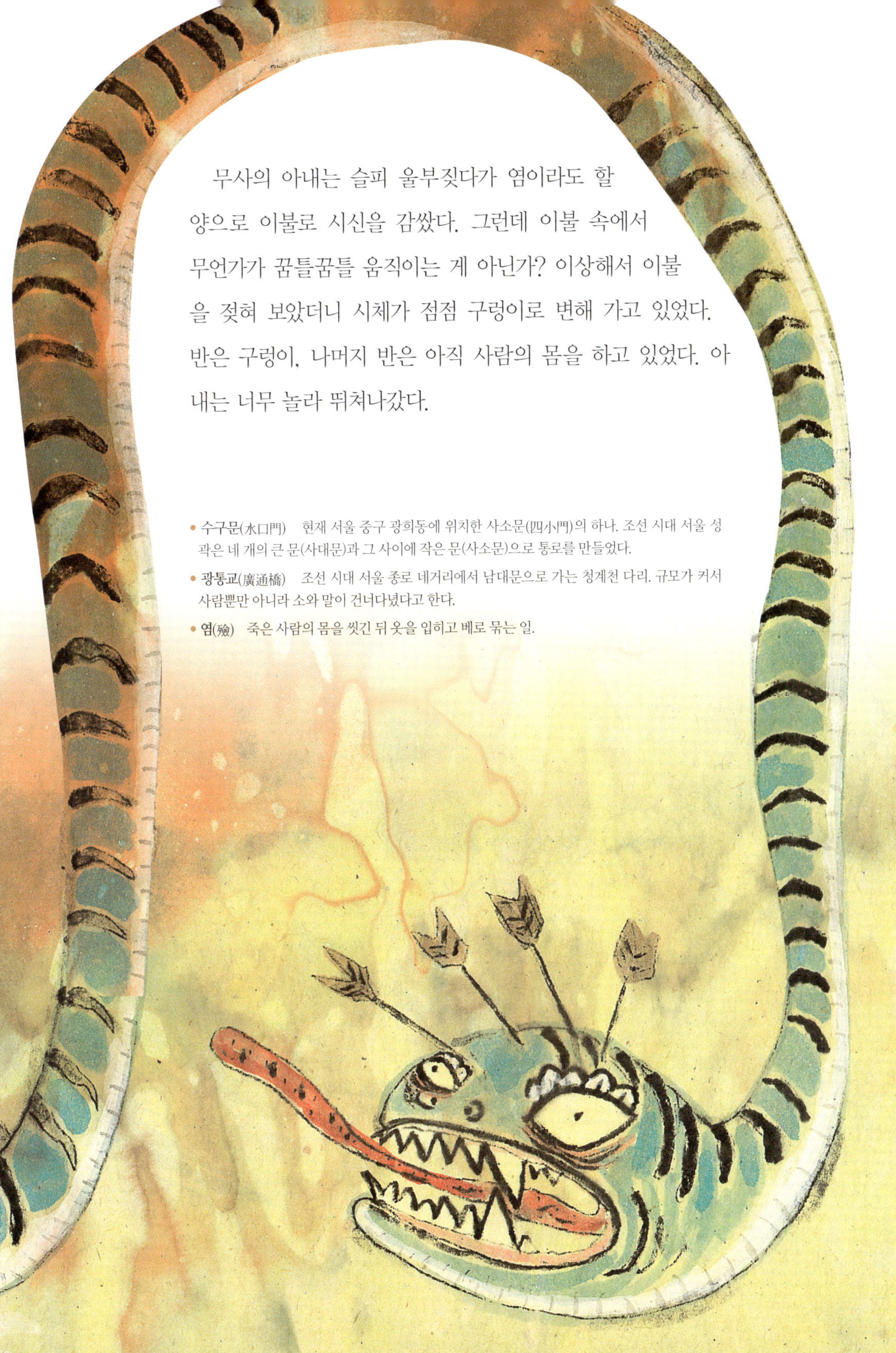

무사의 아내는 슬피 울부짖다가 염이라도 할
양으로 이불로 시신을 감쌌다. 그런데 이불 속에서
무언가가 꿈틀꿈틀 움직이는 게 아닌가? 이상해서 이불
을 젖혀 보았더니 시체가 점점 구렁이로 변해 가고 있었다.
반은 구렁이, 나머지 반은 아직 사람의 몸을 하고 있었다. 아
내는 너무 놀라 뛰쳐나갔다.

- **수구문(水口門)** 현재 서울 중구 광희동에 위치한 사소문(四小門)의 하나. 조선 시대 서울 성
  곽은 네 개의 큰 문(사대문)과 그 사이에 작은 문(사소문)으로 통로를 만들었다.
- **광통교(廣通橋)** 조선 시대 서울 종로 네거리에서 남대문으로 가는 청계천 다리. 규모가 커서
  사람뿐만 아니라 소와 말이 건너다녔다고 한다.
- **염(殮)** 죽은 사람의 몸을 씻긴 뒤 옷을 입히고 베로 묶는 일.

저녁이 되어 무사가 집으로 돌아왔다. 무사는 낮에 있었던 해괴한 일을 아내에게서 전해 듣고 직접 이불을 펼쳐 보았다. 그랬더니 시체는 완전히 구렁이로 변한 상태였는데, 대가리에는 화살촉이 박힌 흔적이 또렷이 남아 있었다. 무사는 즉시 덮은 이불을 걷어 풀어 주면서 원혼을 달랬다.

"너와 원수진 일이 없었거늘, 내 우연히 너를 쏘아 죽였구나. 이는 나의 과오로다. 그러나 너도 복수하려고 내 자식으로 태어났으니, 참으로 이런 변괴가 없을 것이다. 내가 이런 변괴를 겪었으니 이제 너도 충분히 원수를 갚은 것이리라. 너 또한 자식으로서 아비를 죽이려 했으니, 내 어찌 너를 죽이지 않을 수 있었으랴? 네가 만약 이 짓을 멈추지 않는다면 우리의 원한은 끝날 날이 없을 것이다. 너도 이미 원수를 갚았기 때문에 다시 원래의 모습으로 돌아온 게 아니겠느냐? 이제부터 전날의 일일랑 떨쳐 버리고 피차 잊도록 하자꾸나."

이렇게 계속 달래고 영혼을 위로해 주자, 구렁이도 알아들었다는 표정을 지었다. 무사는 문을 열어 주며 말했다.

"이제 네가 가고 싶은 데로 가거라."

그러자 구렁이는 곧장 문밖으로 나가 수구문을 향해 기어가 철 기둥 사이로 들어가더니 어디론가 사라져 버렸다.

홀대받은 노파의 복수

서울 죽전방에 한 선비가 살고 있었다. 선비가 일 때문에 한동안 집을 비운 사이, 선비의 아내만 혼자 집을 지키고 있었다.

그러던 어느 날, 한 노파가 그 집 문 앞을 지나다가 구걸을 하러 들어왔다. 차림새로 봐서는 비구니인 듯도 했다. 나이가 많아 보였지만, 그리 쇠약해 보이진 않았다. 선비의 아내는 노파에게 뭔가 일을 시켜볼 참이었다.

"혹시 길쌈을 잘하세요?"

"그렇습죠."

"우리 집에 머물면서 길쌈 일을 도와주시는 건 어떠세요? 그럼 아침저녁으로 먹을 것을 챙겨 드릴게요. 지금처럼 돌아다니며 구걸하지 않아도 될 터이니 그 편이 더 낫지 않겠어요, 어떠세요?"

"그럴 수만 있다면야 여부가 있나요? 분부만 해 주소."

아내는 좋아하며 노파를 집으로 들였다.

노파는 솜을 트는 일이며 실을 뽑고 마는 솜씨가 여간 민첩하고 빠른 게 아니었다. 그래서 하루 작업량이 예닐곱 사람의 몫을 하고도 남았다. 아내는 기쁜 나머지 음식을 한 상 가득 차려 왔다. 그런데 엿새, 이레가 지나면서 이런 살가운 마음이 조금씩 시그라지는 듯하더니 노파를 대접하는 게 처음만 못했다. 이렇듯 선비의 아내가 점점 노파를 허투루 대하자, 화가 난 노파는 결국 발끈해 말했다.

"나 혼자만 여기서 지내선 안 되겠는걸. 아무래도 남편을 이곳으로

불러와야겠어!"

노파는 곧장 일어나 문을 나서더니, 얼마 후 어떤 늙은이를 데리고 돌아왔다. 늙은이의 행동이며 차림새로 봐서는 세상에서 흔히 말하는 선비라 할 만했다. 방 안으로 들어온 노파는 벽 속의 감실을 비우게 하더니 순식간에 함께 그 안으로 들어가 버렸다. 안에 들어간 노파와 늙은이는 모습을 감춘 채 이런저런 요구를 하기 시작했다.

"이런, 나쁜 년! 상다리가 부러지게 상을 차려 오너라. 조금이라도 내 비위에 거슬리는 일이 있다가는 집안사람들을 모조리 병으로 죽게 만들 테다. 반드시!"

방에 들어와서 이를 구경하고 있던 친척들이 말이 떨어지기가 무섭게 그 자리에서 병을 얻어 죽어 나갔다. 일이 이렇게 되자, 이후로는 사람들이 감히 그곳을 엿볼 수가 없었다. 불과 열흘도 지나지 않아 집안의 하인들조차 모두 죽고 선비의 아내만 살아남았다. 이웃에선 그 집 굴뚝에 연기가 나는 것을 보고 선비의 아내가 아직 살아 있다고 여길 뿐이었다. 그러나 대엿새가 지나 연기마저도 뚝 끊기자, 결국 선비의 아내도 죽었다는 걸 알았다. 그러나 아무도 그곳에 들어가 보지 못했다.

구운 밤을 내온 아내

김수익이란 자가 젊었을 때, 창동에 살고 있었다. 때는 겨울이었는데, 수익은 밤늦도록 책을 읽다가 배가 고파지자 아내에게 밥을 달라고 했다.

"어쩌죠? 드실 만한 찬이 없네요. 밤 예닐곱 알이 있긴 한데, 그거라도 구워서 드릴까요? 조금이나마 요기가 될 거예요."

"그것도 좋지!"

이때 하인들은 모두 자고 있었기에, 아내가 직접 부엌으로 가서 불을 지펴 밤을 구웠다. 그동안 수익은 주린 배를 잡고 계속 책을 읽으면서 아내가 오기만을 기다렸다.

이윽고 아내가 노송나무 그릇에 구운 밤을 담아 내왔다. 밤을 받아 껍질을 까서 먹는 동안 아내는 책상머리에 앉아 있었다. 다 먹어 갈 즈음, 한 여인이 문을 열고 들어왔다. 고개를 들어 바라보니, 좀 전에 아내가 그랬듯 구운 밤을 그릇에 담아 들어오고 있지 않은가! 등불 아래에서 자세히 살펴보니, 그 여인은 아내의 얼굴과 조금의 차이도 없이 똑같았다. 서로를 마주 보던 두 여자도 놀라 중얼거렸다.

"어찌 이리 괴이한 일이 다 있단 말인가?"

"이게 무슨 일이람? 도대체 무슨……."

수익은 나중에 들어온 여자가 가져온 구운 밤을 받아 들고, 다시 밤을 먹으면서 두 여자의 손을 번갈아 잡아 보았다. 하지만 도대체 누

● **감실**(龕室)　사당이나 집 안 뒤편에 신주를 모셔 두는 작은 궤.

가 진짜 아내인지, 어찌 된 일인지 감이 잡히질 않았다. 생각 끝에 오른손으로는 처음 온 여자의 손을, 왼손으로는 나중에 온 여자의 손을 잡고 빠져나가지 못하게 하면서 아침이 오기만을 기다렸다.

이윽고 새벽닭이 울고 동쪽이 서서히 밝아지기 시작했다. 그러자 오른손으로 잡고 있던 여자가 갑자기 소리를 질렀다.

"왜 이렇게 아프게 붙잡고 계세요? 빨리 내 손 놔줘요!"

그러고는 빠져나가려고 발버둥을 쳤다. 수익은 꼭 잡은 손에 힘을 더 주었다. 그러자 여인은 얼마 후 갑자기 혼절하더니 원래의 모습으로 변하는 것이었다. 그건 바로 몸집이 큰 살쾡이였다. 수익이 너무 놀란 나머지 잡고 있던 손을 놓치자, 살쾡이는 자취를 감춰 사라지고 말았다.

이후로 수익은 '묶어서라도 잡아 둘걸.' 하며 두고두고 아쉬워했다고 한다.

어서어서 재미있는 이야기를 들려주오

야담은 주로 민간에서 떠도는 이야기를 말합니다. 원래는 역사를 뒷받침할 수
있는 사건과 인물에 대한 기록도 야담에 포함되었지요. 하지만 이런 기록들은
사람들이 많이 모이는 시정(市井)의 발달과 더불어 성행한 짧은 이야기 형식의
조선 후기 야담만큼 문학적으로 뛰어나거나 흥미롭지는 않았습니다.
조선 후기에 유행한 야담은 서민층의 생활을 반영해 그들의 얽히고설킨 삶의
현장을 묘사하다 보니 아주 생동감 넘치고 신선했지요.
여기에다 그전부터 전해 오던 이야기들까지 새로운 모습으로 더해지면서 조선
후기의 시정은 온통 이야기를 해 주는 사람과 그 이야기를 듣는 사람들로
북적였습니다. 오늘날 우리가 함께 모여 스포츠나 공연을 즐기는 것처럼,
그때는 이야기를 들으며 즐기는 것이 하나의 문화였던 셈이지요.

이야기의 세계

지금의 서울 종로나 청계천 일대에 자리했던 시정이나, 5일 또는 7일마다 열리는 지방의 장터는 늘 사람들로 북적였습니다. 바로 여기서 사람들을 상대로 이야기를 들려주는 전문가가 생겨났으니, 이들을 설낭(說囊, 이야기 주머니) 또는 이야기꾼이라고 했답니다. 설낭은 이야기로 생계를 이어 갔는데, 한번은 다음과 같은 어처구니없는 사건이 벌어졌습니다.

한 남자가 종로의 한 담배 가게에서 옛날이야기를 듣고 있었다. 주인공인 영웅이 절망하는 부분에 이야기가 이르자, 갑자기 이 남자가 눈을 부릅뜨고 입에 거품을 물더니 담배 썰던 칼로 이야기꾼을 찔러 버렸다. 이야기꾼은 그 자리에서 죽었다.

불미스러운 일이지만, 당시에 이런 이야기들이 얼마나 인기 있었는지 보여 주는 증거이기도 합니다.

이야기책

첫 야담집인 《어우야담》의 저자 유몽인은 임진왜란을 겪고 난
다음 어사가 되어 지방을 돌아다닐 때 들은 이야기들에다,
불우했던 시절에 자신이 직접 들은 이야기들을 보태 처음
으로 야담집을 묶습니다. 세상 사람들이 하는 이야기들은
구태여 진위를 가릴 것도 없이 그 자체로 의미가 있음을
알리고자 한 것입니다. 이 책에서 많이 다룬 18세기 초의
《천예록》을 비롯해 《동패낙송》, 《기문총화》, 《동야휘집》,
《계서야담》, 《청구야담》 등이 대표적인 야담집입니다.

이야기꾼

야담은 이야기꾼과 관련이 깊습니다. 이들이 한 이야기들이 작가의 손을 거쳐
야담으로 정착되거나, 이렇게 정착된 야담을 이야기꾼들이 빼고 덧붙여 다시 새
로운 이야기로 만들어 내기도 했습니다. 오늘날에는 국어 시간이 아니고서야 소
설이나 이야기책을 소리 내어 읽는 경우가 거의 없지만, 옛날에는 달랐습니다.
조선 후기의 소설들은 직업적인 이야기꾼에 의해 주로 낭독되었고, 우리가 잘
아는 판소리도 창을 하는 광대가 들려준 이야기지요. 이렇게 소설을 대본 삼아
읽어 주던 직업을 전기수(傳奇叟)라 부르기도 했습니다. 전기수는 동대문 밖에
살면서 읽는 장소를 바꿔 가며 《숙향전》, 《소대성전》, 《심청전》, 《설인귀전》 같은
언문 소설책을 읽어 주었습니다. 전기수들은 책을 읽다가 가장 재미있고 절정인
대목에 이르면 문득 소리를 멈추었고, 그러면 청중은
뒷이야기가 궁금해서 다투어 돈을 던졌습니다.
이 책에 실린 야담들도 대부분 '이야기 보따
리' 또는 '이야기 주머니'라고 불리는 사람
들이 청중 앞에서 아주 실감 나게 구연한
것이랍니다. 이런 구연 과정에서 새로운
내용을 덧보태거나, 재미없는 부분은 빼
버리기도 하고, 아예 즉흥적인 창작을 하
기도 했습니다. 어떤 면에서 이들은 작가

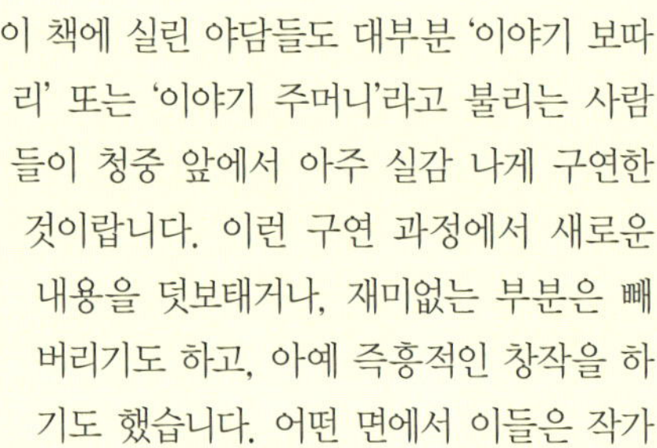

이기도 한 셈입니다. 이런 이야기꾼들을 묘사한 재미난 기록이 몇몇 있습니다. 이 글들을 읽으면 이야기꾼이 어떤 사람이었는지 구체적으로 짐작이 갑니다. 그 중 대표적인 세 인물에 대해 한번 알아볼까요?

김옹 '이야기 주머니'라고 불린 그는 이야기를 아주 잘해 듣는 사람들이라면 누구라도 포복절도했습니다. 이야기의 실마리를 잡아 살을 붙이고 양념을 치며 자유자재로 착착 끌고 가는 그의 재간은 참으로 귀신이 돕는 듯했습니다. 가히 익살의 제일인자라 할 만했지요. 그리고 가만히 그의 이야기를 씹어 보면 세상을 조롱하고 깨우치는 뜻이 담겨 있기도 했습니다.

오물음 서울에 오씨 성을 가진 사람이 있었습니다. 그는 옛날이야기를 잘해 재상가의 집에 두루 드나들었지요. 오이와 나물을 즐기는 식성 때문에, 사람들은 그를 오물음(吳物音)이라 불렀습니다. '물음'이란 익힌 나물을 가리키는 것으로 그의 성씨인 오(吳)와 오이의 음이 비슷해서 붙여진 이름이었답니다.

이업복 이업복은 양반집의 청지기였습니다. 아이 적부터 언문 소설책을 맵시 있게 읽어서 그 소리가 노래하듯 원망하듯 웃는 듯 슬픈 듯하다가, 중간에는 웅장해 영웅호걸의 형상을 나타내기도 하고, 또 곱고 살살 녹아서 예쁜 여자의 자태를 짓기도 했지요. 대개는 그가 소설의 내용에 따라 온갖 자태를 연출하는 것이었습니다. 그래서 부자들이 그를 서로 불러다가 소설책을 읽히곤 했답니다.

부채를 든 이야기꾼이 담배 가게에서 일하는 사람들에게 이야기를 들려주는 장면. 〈담배 썰기〉, 김홍도, 국립중앙박물관 소장.

저승과 이승의 길이 다르기에 **염라 세계의** 일을 이야기하면 세상 사람들은 터무니없다 하며

믿으려 들지 않을 것 이 옵 니 다

2

저승과 귀신의 세계

이야기 … **하나**

염라왕의 도포

황해도 연안에 한 처사가 살았다. 어느 날, 자리에 누워 시름시름 앓던 처사는 믿기지 않는 경험을 했다.

대낮에 느닷없이 귀졸 두 명이 들이닥쳤다.

"염라국에서 너를 잡아 오란다!"

뭐라 대꾸할 틈도 주지 않은 채, 귀졸들은 다짜고짜 처사의 목에 쇠로 된 족쇄를 채워 끌고 갔다. 처사는 어찌 된 영문인지 모른 채 수십 리를 끌려갔다.

그러다가 다다른 곳은 하늘을 찌를 듯 높은 성채였다. 쉴 틈도 없이 성문 안을 지나 몇 리를 더 끌려가 도착한 곳은 빈 하늘에 아스라이 걸려 있는 궁전이었다. 궁문에 이르자 귀졸들은 처사의 양팔을 끼고 들어가 뜰 앞에 엎드리게 했다. 궁전 위를 올려다보니 그 안쪽에 왕으로 보이는 자가 앉아 있었다. 좌우로 여러 벼슬아치가 죽 늘어서 있었고, 수백이나 될 법한 장수와 병졸은 그 앞에서 왕의 영을 전하느라 분주했다. 의장이 가지런히 정돈되어 있고 호령 또한 엄숙했다. 처사는 두려운 나머지 식은땀이 흘러 등이 흥건히 젖고, 더는 올려다볼 수가 없었다. 얼마 뒤, 어떤 관리가 와서 처사에게 물었다.

"너는 어디에 살며 이름은 무엇이더냐? 나이는 얼마나 되며 무슨 일을 하고 있는가? 소상히 아뢸 것이며 행여 숨기려 해서는 안 될 것이야."

처사는 몸을 부들부들 떨며 말했다.

"예, 저는 성이 무엇이고 이름은 아무개

이옵니다. 나이는 몇 살이고, 대대로 황해도 연안에서 살고 있사옵니다. 본래 타고난 성품이 못나고 어리석어 다른 일은 못하옵고, 평소 자비로운 마음으로 지내며 염불을 하면 지옥에 떨어지는 죄는 면한다 해서, 날마다 염불하고 공양드리는 일만 하고 있사옵니다.”

처사의 대답이 끝나자마자 관리는 안으로 들어가 왕에게 고했다. 한참이 지나 관리가 다시 나오더니 처사더러 섬돌 아래로 가서 엎드리라 했다.

“너는 잡아 올 대상이 아니었느니라. 이름이 같은 까닭에 잘못 온 것이야. 다시 나가도록 해라.”

처사는 합장을 하고 일어나 감사의 절을 했다. 그런데 또다시 안에서 왕의 전갈이 왔다.

“내 집이 서울의 아무 동네에 있는데, 흔히들 ‘아무개 댁’이라 부른다. 지금 너를 돌려보내는 길에 한 가지 부탁을 하겠노라. 내가 이곳에 들어온 지도 많은 세월이 흘러, 입고 온 도포가 거의 다 해져 솔기가 터질 지경이다. 우리 집 식구더러 새로 한 벌 만들어 보내 달라고 일러 주면 좋겠구나. 네가 세상에 나가거든 꼭 내 집을 찾아가 이 사정을 자세하게 전해 주거라. 조금이라도 소홀함이 있어서는 안 될 것이야!”

처사는 지체 없이 대답했다.

• **연안**(延安)　황해도에 있는 고을.
• **처사**(處士)　거사(居士)라고도 하며, 벼슬하지 않고 초야에 묻혀 학문하는 선비.
• **의장**(儀仗)　행사 때 쓰는 무기나 물건. 보검을 비롯한 창과 방패, 그리고 군악기 따위를 말한다.

“지금 친히 하교를 받들었으니 어찌 감히 따르지 않겠습니까? 단단히 새겨 두었다가 반드시 전하겠나이다. 하오나 저승과 이승의 길이 다르기에 염라 세계의 일을 이야기하면, 세상 사람들은 터무니없다 해 믿으려 들지 않을 것이옵니다. 제가 비록 영을 전하려 해도 믿지 않으면 어찌하옵니까? 제게 증명이 될 만한 물건을 주시어 저들이 믿을 수 있도록 해 주시옵소서.”

그러자 조금 뒤 다시 전갈이 왔다.

“네 말이 정말 맞도다. 내가 살아서 당상관으로 재직할 때 망건에 매달던 옥관자 고리 하나가 있는데, 한쪽에 약간 흠이 나 있지. 그 옥관자가 책 상자 안에 《시경》 제3권과 함께 들어 있을 것이야. 집안 식구들은 아무도 모르고 나만 알고 있는 일이지. 네가 이 말을 전해 증명해 보이면 반드시 믿을 것이니라.”

“그리하겠나이다. 한데 새로 도포를 만든다 해도 어떻게 이곳으로 보낼 수 있겠나이까?”

다시 전갈이 왔다.

“제를 지내고 도포를 불태우면 되느니라.”

“예, 그럼 돌아가 분부를 받들겠나이다.”

나가도 된다는 명을 받고 나오면서 처사는 옆에 있던 귀졸에게 물었다.

“아까 그분은 누구시오?”

“바로 염라왕이시다. 성은 박이요, 이름은 우이니라.”

처사가 그곳을 나와 큰 강에 이르자 귀졸이 양쪽에서 그를 붙잡고 강물로 밀어 넣었다.

처사는 너무 놀라 눈을 번쩍 떴다. 집안사람들은 처사가 죽은 지 이미 사흘이 지났는데 다시 살아난 것이라고 했다.

처사는 바로 서울로 올라갔다. 염라왕이 알려 준 대로 그 집을 찾았더니, 과연 박우라는 사람의 집이었다. 박우의 두 아들은 이제 막 과거에 급제해 관리가 되어 있었다. 처사가 대문 앞에서 뵙고자 했으나 문지기는 전갈을 전해 주지 않았다. 붉은 대문은 전혀 열릴 것 같지 않았고 날이 저물어 사람들의 발길도 뚝 끊기고 말았다.

처사가 하릴없이 담장에 기댄 채로 서 있자니 해는 벌써 뉘엿뉘엿 서편을 넘어가고 있었다. 그렇게 서성이던 중에 우연히 나이가 지긋한 그 집의 종을 만나게 되었다. 처사는 이때다 싶어 그 종에게 주인을 꼭 뵈어야 한다고 간청했다. 그랬더니 종이 들어가 주인에게 이 사실을 알렸고, 잠시 뒤 도로 나와서 처사를 데리고 들어갔다.

대청마루에 있던 두 아들은 처사더러 섬돌 아래에 앉으라 한 뒤 물었다.

"너는 누구이며, 할 말이란 게 무엇이냐?"

"저는 황해도 연안에 살고 있는 선비이옵니다. 지난 아무 달 아무 날에 죽게 되어 염라국에 들어갔다가 돌아가신 내감님을 뵙고 부탁을 전해 받았습죠. 그래서 이렇게 감히 와서 전갈하옵니다."

● **하교**(下敎) 임금이나 상관이 아랫사람에게 가르침을 베푸는 것을 뜻한다.

● **당상관**(堂上官) 조정 회의 때 궁전 의자에 앉아 정사를 논한 정삼품 이상의 관원. 그 이하는 당하관이라 했다.

● **옥관자**(玉貫子) 관자는 망건에 달아 망건 줄을 잇는 작은 고리를 말하는데, 높은 지위에 있는 사람들은 관자를 옥이나 금 등으로 만들었다.

● **《시경**(詩經)**》** 춘추 시대의 민요를 중심으로 모은, 중국에서 가장 오래된 시집.

처사가 이렇게 말을 꺼내자 두 아들은 처사의 이야기를 다 듣지도 않고 버럭 화부터 내기 시작했다.

"웬 늙은 요물이 감히 우리 집으로 찾아와 이런 요망하고 터무니없는 이야기를 늘어놓는단 말인가? 여봐라! 이자를 속히 끌어내라."

답답해진 처사는 안 되겠다 싶어 큰 소리로 급히 말했다.

"허허, 이보시오! 내 애길 끝까지 잘 들어 보시오. 들어 보고 터무니없다면 그때 가서 끌어낸다 해도 늦지 않을 게요. 내 증명할 것이 한 가지 있소이다."

궁금해진 한 아들이 다그쳤다.

"증명할 게 있다고? 그래, 그게 무엇이더냐?"

처사는 바로 옥관자 고리에 관한 얘기를 일러 주었다. 너무도 분명한 얘기에 비로소 의문이 들기 시작한 두 아들은 결국 책 상자를 꺼내어 열어 보았다. 과연 옥관자 고리 하나가 《시경》 제3권에서 나왔다. 조금도 어긋남이 없는 사실이었다.

박우의 집에서는 그가 죽은 후 그 옥관자를 아직까지 찾지 못하고 있던 중이었다. 그제야 처사의 말이 전혀 근거 없는 것이 아니라는 걸 알게 된 박우의 가족들은 이제 막 초상이 난 것처럼 통곡을 했다. 대감의 부인은 집안 식구들은 모두 불러 놓고 처사가 전해 들었다는 부탁에 대해 자세히 묻고는 곧 부탁대로 도포를 새로 짰다. 그러고 나서 날을 정해 제를 올리고 도포를 태워서 날려 보냈다.

향을 사른 지 사흘째 되는 날, 박우의 가족들과 처사 모두가 꿈에서 박우를 만났다. 박우는 꿈에 나타나 새 도포를 보내 준 성의에 고

마워했다. 박우의 집에서는 처사를 한동안 붙들어 두고 음식과 의복
을 풍성하게 마련해 극진히 대접했다. 그리고 그 일을 인연으로 처사
는 서울에 가면 박우의 집에 들르곤 했다.

이야기 … 둘

섬뜩한 저승의 감옥

홍내범은 평양 출신의 문관으로 선조 임금 때 과거에 합격하고, 인조 임금 때 당상관에 올랐다. 홍내범이 여든둘이었을 때, 당시 생원으로 있던 아들이 연로하신 아버지를 위해 상소를 해 노직에 제수해 달라 청원했으나 받아들여지지 않았다.

중국 심양에 있던 소현 세자가 우리나라로 돌아오던 도중 평양에 잠시 머물렀는데, 홍내범의 아들이 다시 간청했다. 소현 세자는 이를 임금에게 아뢰었고, 결국 홍내범은 아들의 바람대로 명예직인 가선대부에 제수되었다.

말년을 보내던 어느 날, 홍내범이 가족들에게 갑자기 이런 말을 했다.

"내 금년에는 필시 죽을 게야."

그러고는 얼마 지나지 않아 정말로 숨을 거뒀다. 그런데 사실 홍내범은 그 일이 있기 오래전, 젊었을 때 장질부사를 앓다가 십여 일 만에 이미 한 번 죽은 적이 있었다. 그때의 일이다.

시신을 관 안에 잘 넣고 나서 다른 사람들은 모두 밖으로 나가고 홍내범의 아내만 곁을 지키며 통곡하던 중이었다. 그런데 갑자기 관이 흔들리면서 시신이 저절로 움직이더니 바닥으로 구르는 것이 아닌가. 홍내범의 아내는 너무 놀란 나머지 실신하고 말았다. 갑작스런 상황을 수습하려고 달려간 집안사람들이 시신이 움직이는 것을 보고 염했던 시신을 풀어 보았더니 홍내범이 살아 있었다.

다음은 죽었다 살아난 홍내범이 저승을 다녀왔다며 사람들에게 들려준 이야기이다.

꿈에 관가인 듯 보이는 어떤 곳에 갔다. 그곳은 아주 위엄이 있고 장중해 보였으며 관리들이 죽 늘어서 있었다. 머리 모양이 소 같고 짐승 같은 얼굴을 한 야차와 나찰의 무리가 뜰 아래서 펄쩍 뛰어오르더니 나를 붙잡아다가 뜰 앞에 꿇어앉게 했다. 그런 뒤에 검은 옷을 입은 관리가 궁전 위에서 전지를 내렸다.

"세상에는 삼교가 있으니, 석가모니 계신 곳도 그중 하나이며, 지옥과 천당은 바로 사람들의 선행과 악행을 판단해 상을 주거나 벌을 내리는 곳이니라. 너는 항상 부처를 욕했고 천당과 지옥도 아예 믿지 않았다지? 편협한 자신의 견해만 고집해 큰 소리로 떠들면서 방자하게 굴지 않았더냐? 이제 지옥으로 처넣어 만겁토록 밖으로 절대 나오지 못하게 할 테다."

말이 끝나자마자 손에 강철로 만든 작살을 든 두 귀졸이 내 머리
채를 잡고 끌어내리려고 했다. 나는 큰 소리로 외쳤다.

"아닙니다. 뭔가 잘못되었어요, 잘못됐다고요!"

그런데 갑자기 금빛 얼굴을 한 어떤 보살이 나타나더니, 내게 미소
를 지으며 말했다.

"그래, 뭔가 잘못된 것 같군! 이자는 여든세 살까지 수를 누리고
벼슬이 동지에 오른 후에 죽게 되어 있다. 한데 어찌해 벌써 왔단 말
이냐? 내가 잡아 오라고 한 자는 전주에 사는 홍 아무개이니라. 비
록 이렇게 되었으나, 이왕 여기에 왔으니 한번 둘러보게 해 세상 사
람들에게 이곳이 진짜 있다고 증명하는 것도 괜찮을 듯싶구나."

귀졸들은 명을 받들어 나를 데리고 밖으로 나갔다. 제일 먼저 도착
한 감옥에는 '감치불목지옥(勘治不睦之獄)'이라는 편액이 붙어 있었다.

- **노직**(老職)　통상 여든 살이 넘으면 임금이 내려 주던 벼슬로 일종의 명예직이다.
- **제수**(除授)　임금이 직접 벼슬을 내리는 일.
- **심양**(瀋陽)　중국 요령성의 중심 도시로, 병자호란 때 소현 세자와 삼학사가 볼모로 끌려갔던 곳이다.
- **소현 세자**(昭顯世子)　인조의 맏아들로 병자호란 때 볼모로 붙잡혀 심양에서 구 년간 생활했다. 그 후 청나
라와의 관계 개선을 위해 노력했으나 성과를 이루지 못한 채 갑자기 죽는 비운을 맞았다.
- **가선대부**(嘉善大夫)　실무직이 아닌 명예직의 하나로, 품계로는 종이품에 해당한다.
- **장질부사**　장티푸스. 장티푸스는 콜레라와 함께 전근대의 대표적인 전염병이었는데, 의술이 발달하지 않은
시기라 인명 피해가 컸다.
- **야차**(夜叉)**와 나찰**(羅刹)　원래 불교의 신들로 절을 지키는 수호신이었으나, 후에 인간을 징계하는 귀졸이 되었다.
- **전지**(傳旨)　상벌(賞罰)에 관한 왕의 뜻을 담당 관아나 관리에게 알리는 일.
- **삼교**(三敎)　세 가지 가르침. 즉 유교, 불교, 도교를 말한다.
- **만겁**(萬劫)　아주 오랜 시간.
- **동지**(同知)　동지중추부사(同知中樞府事). 조선 시대 중추부에 속한 종이품 벼슬.
- **편액**(扁額)　종이나 나무판에 그림을 그리거나 글자를 써서 방 안이나 문 위에 걸어 놓는 액자.

欺世之獄

封弁結舌之獄

화목한 생활을 하지 않은 자를 다스린다는 뜻이다. 그곳은 벽돌로 만든 기다란 통에 지글지글 끓는 탄불이 가득하고 그 위로 불길이 활활 타오르고 있었다. 귀졸들은 죄인을 불러다가 통 주변에 꿇어앉으라고 하더니 불 속에서 달군 쇠꼬챙이를 꺼내 죄인의 눈을 푹푹 찔러 댔다. 십여 명이 연달아 이런 벌을 받았는데, 그다음에는 말린 물고기처럼 거꾸로 매달렸다.

"이자들은 세상에 있을 때 형제와 벗에게 공손하기는커녕 원수 대하듯 했다. 천륜을 무시하고 오직 재물만을 탐낸 죄로 이런 죄과를 받는 것이다."

귀졸의 설명이었다. 다음으로 간 곳은 말을 날조한 자를 다스린다는 '감치조언지옥(勘治造言之獄)'이었다. 몇 길이나 되는 철 기둥이 있고 그 아래로 커다란 돌이 놓여 있었다. 귀졸들은 죄인을 불러다가 기둥 아래에 꿇어앉히고 예리한 칼로 혀를 뚫었다. 그런 다음 구멍난 혀에 쇠 끈을 꿰어 기둥에 매달았다. 바닥에서 한 자 높이만큼이나 되도록 매달고는 발에다 커다란 돌을 묶어 놓았다. 혀가 다 뽑히고 눈알이 모두 튀어나와 고통이 극에 달한다고 했다.

"이자들은 세상에 있을 때, 긴 혀를 교묘하게 놀려 거짓 이야기들을 꾸며 내, 혈육과 형제가 이별하고 벗들이 멀어지게 했다. 그런 이유로 이런 벌을 받는 것이다."

그다음으로 간 곳은 세상을 속인 자를 다스린다는 '감치기세지옥(勘治欺世之獄)'이었다. 수십 명이 벌거벗은 채로 바닥에 축 늘어져 누워 있었다. 생김새가 흉악하기 그지없는 야차 여럿이 철 끈으로 이들을 꼼짝 못하게 묶었고, 예닐곱의 굶주린 귀신이 우르르 다가가 냅다 칼을 뽑더니, 벌거벗은 죄인들의 살점을 쓱쓱 베어다 무쇠솥 안에 넣고 삶아 먹었다. 모조리 씹어 먹고도 배가 고픈지, 이번엔 골을 파내 먹었다. 얼마 후, 쉬이익 바람이 한 번 불고 지나가자, 죄인들의 몸체는 예전 상태로 되돌아왔다. 그런데 이번에는 쇠로 된 뱀과 구리로 된 개가 달려들어, 죄인의 피와 골수를 빨아먹는 것이었다. 그러자 고통으로 절규하는 소리에 땅이 출렁거렸다.

"이들은 세상에 있을 때, 청요직에 몸을 담았던 자들이다. 한데 겉으로는 청렴한 척하면서 남몰래 뇌물을 받고, 수령의 자리에서 백성들의 고혈을 빨아먹으면서도, 선한 일로 기림을 받고자 했다. 또 학자 행세를 하며 입으로는 공자를 이야기하면서 세상을 속이고 이름을 훔치기도 했다. 그래서 이런 벌을 받는 것이다."

귀졸이 설명을 한 후, 이번에는 자기네들끼리 쑥덕거렸다.

"이것저것 다 둘러볼 필요 없이 곧장 저곳으로 데려가서 구경을 마치자구."

"그게 낫겠군!"

거기서 구경을 중단하고 감옥을 나와 동남쪽으로 수백 걸음을 더 갔다. 그러자 커다란 건물이 보였는데 '회진관'이라고 쓰여 있었다. 상서로운 구름이 뿌옇게 내려앉고 연기와 안개가 가늘게 흩뿌렸다. 안

● **청요직**(淸要職)　품계는 그리 높지 않으나 규장각, 홍문관 등에서 일을 처리하며 훗날 당상관 이상의 자리에 오를 중요한 직위.

● **고혈**(膏血)　원래는 사람의 기름과 피를 뜻하며 몹시 고생해 얻은 이익이나 재산을 이르는 말.

● **회진관**(會眞觀)　도교에서 수련하는 도량을 말하나, 여기서는 불교의 절을 뜻한다.

에는 가사를 입은 수백 명의 중이 거처하고 있었다. 백옥의 불자를 들고 있거나 푸른 연꽃을 잡고 있는 자도 있었고, 가부좌를 틀고 있거나 불경을 외는 자도 있었다. 귀졸이 또 설명해 주었다.

"이들은 모두 인간 세상에 있을 때 계율을 잘 지켜 한마음으로 부처를 믿었기에 모든 고통과 번민을 벗어나 극락세계에 오르게 되었다. 이른바 천당이라는 곳이 바로 여기다."

그곳을 본 다음 염라국 궁전으로 다시 되돌아왔다. 금빛 얼굴을 한 보살이 물었다.

"세상 사람들은 대부분 부처를 믿지 않고, 또 천당과 지옥이 있는 것을 알지 못한다지? 그래, 자네는 지금 어떠한가?"

"예, 덕분에 잘 보았습니다. 마음에 잘 새겨 세상에 알리겠습니다."

나는 머리를 조아리고 사례했다. 그러자 검은 옷의 관리가 앞에서 전갈을 했다.

"지금 이자를 내보내도록 해라."

그러고는 귀졸에게 나를 전송해 주라고 명을 내렸다. 그 순간, 놀라고 두려워 벌벌 떨며 깨어나 보니 죽은 지 사흘이 지난 때였다.

홍내범은 혼자 속으로 뿌듯하게 여기며 이 일을 만나는 사람들에게마다 자랑삼아 이야기했다. 그 뒤로 장수를 누리고 벼슬에 오른 일이 보살이 말했던 것과 딱 맞아떨어졌다.

이야기 ⋯ 셋

귀신에게 호되게 당한 사람들

흉가에서 귀신을 만나다

임방은 병신년에 화를 당해 의금부에서 조사를 받고 갇힌 몸이 되었다. 무사 최원서도 이 일에 연루되어 심문을 받았다. 두 사람은 옥에 갇혀 있으면서 많은 이야기를 나누며 답답한 시간을 달랬다.

하루는 이야기를 나누던 중에 귀신이나 도깨비 따위를 거론하게 되었다. 최원서는 자신이 젊었을 적에 귀신을 만나 거의 죽을 뻔했다가 간신히 살아났다고 했다. 참으로 기이한 일이어서 임방이 좀 더 듣고 싶다고 졸랐다. 최원서는 그때의 일을 자세하게 이야기해 주었다.

나는 원래 서울에 집이 없었네. 마침 남산 아래에 빈집이 있다는 소식을 듣고 그걸 빌려 살기로 했지. 나의 아버지는 식솔을 거느리고 들어와 안채에 거처했고, 나는 행랑에서 혼자 지냈지.

그러던 어느 날이었네. 밤이 깊어 잠자리에 들긴 했으나 아직 잠이 들지 않은 때였는데, 느닷없이 어떤 여인이 문을 열고 들어와 등불 앞에 서는 게 아닌가? 유심히 살펴보니 어느 양반의 계집종으로 전에 몇 차례 만난 적이 있던 아이였네. 얼굴이 어여뻐 한번 안아 보고 싶었으나 기회를 얻지 못하고 매번 마음에만 두고 있던 참이었지. 그런데 이렇게 밤을 틈타 자기 발로 찾아왔으니 천만뜻밖이라, 놀랍고 기쁜 마음을 누를 길이 없었네.

"어흠, 이 앞으로 다가와 앉지 그러냐."

여인이 묵묵부답이기에, 일어나 손을 뻗어 잡으려 했지. 하지만 바로 몸을 빼 뒤로 물러나니 잡을 수 없었네. 그렇게 하다 방문까지 밀려나 더는 물러날 데가 없어지자 그 아인 발뒤꿈치로 문을 밀치더니 달아나 버리더군. 나도 따라 나갔지만 벌써 사라지고 없었네. 사방으로 찾아보았지만 그 아이는 보이지 않았네. 그때까지만 해도 나는 그 아이가 몸을 피해 어딘가에 숨었겠거니 여기고 달리 이상하다는 생각은 전혀 못했네.

그런데 다음 날 밤에도 그 아이가 다시 찾아와 또 등불 앞에 서는 게 아닌가? 나는 지난밤처럼 그저 황홀해 다시 일어나 끌어안아 보려 했지만, 그 아이는 전날처럼 뒷걸음치며 문밖으로 도망가 버렸네. 아무리 찾아보아도 찾을 수 없기는 마찬가지였지. 마음이 간절한 한편으로 이상하단 생각도 들었네만, 그래도 그때까진 귀신이란 걸 전혀 눈치채지 못했다네.

며칠이 지나고 또 밤이 깊었네. 혼자 누워 있는데 갑자기 천장에서

'벌떡! 벌떡!' 하는 소리가 들리더군. 마치 자리를 털거나 종이를 뒤집는 소리 같았네. 점점 시끄러워지는가 싶더니 갑자기 천장에서 무언가가 쫙 펼쳐져 내리는 게 아닌가? 그러더니 짙푸른 휘장이 내려와 방 한가운데를 가로막고는, 순식간에 방 안 가득 숯불이 깔리고 검붉은 불꽃이 훨훨 타올랐다네. 금방이라도 방을 태울 태세였지.

내가 누운 자리만 빼고 방 전체가 불길에 휩싸여 빠져나갈 틈이 보이지 않더군. 나는 이러다가 불에 타지나 않을까 싶어 죽을 만치 겁이 났다네. 그러는 사이 새벽이 되어 닭 우는 소리가 들렸네. 그러자 천장에서 벌떡거리는 소리가 잦아들더니, 푸른 휘장도 걷히고 방 안 가득했던 숯불도 한순간에 저절로 꺼지더군. 그리고 좀 전의 그 자리는 막 청소를 끝낸 듯 티끌만큼의 흔적도 남아 있지 않았다네.

다음 날 밤이었네. 그날도 혼자 방에 눕긴 했지만 아직 잠이 들진 않은 때였는데, 이번에는 사나운 장사 한 놈이 문을 밀치고 들어오는 게 아닌가? 머리에 전립을 쓰고 푸른 갑옷을 걸친 차림새로 봐서는 관아에서 죄인을 다루는 군졸 같았네. 한데 그놈이 막무가내로 나를 붙잡아 끌고 가려고 하지 뭔가? 그래도 그 시절 나는 젊고 담력이 있었기에 끌려가지 않으려고 버티느라 그놈과 한참을 티격태격했지. 하지만 엄청나게 힘이 센 그놈을 도저히 당해 낼 수가 없어, 별수 없이 마당으로 끌려 나갔다네. 그놈은 두 손으로 나를 높이 들

• **임방**(任埅, 1640~1724) 이 글이 실린 《천예록(天倪錄)》을 엮은 사람으로, 병신년(1716)에 사위의 옥사에 연루되어 투옥되었다가 이듬해 파직당했다.

• **전립**(戰笠) 무관들이 쓰는 모자. 벙거지라고도 하며 평민이나 하층민 들도 썼다.

어 올려 몇 차례 빙빙 돌리더니, 마당 앞에 있는 섬돌 위로 냅다 던져 버렸네. 곧바로 혼절한 나는 땅에 꼬꾸라진 채로 꼼짝달싹할 수가 없었지. 그놈은 엎어져 기절한 나를 지키고 섰는데, 담장으로 둘러싸인 정원에 다른 여남은 놈이 모여들더군. 전립과 갑옷을 입고 있는 게 먼저의 그놈과 차림새가 똑같았네. 멀찍이 거리를 두고 지켜보고만 있던 그놈들이 일제히 소리쳤네.

"그러지 말게. 그러지 말래두!"

그러자 나를 잡고 있던 놈이 신경질을 내더군.

"무슨 상관이야? 상관 말아!"

저희들끼리 한동안 실랑이를 벌이더니, 누군가가 이런 말을 했네.

"그 양반, 높은 벼슬을 할 사람이야. 그러니 그러면 안 되지. 안 되고말고!"

"그게 무슨 상관이냐고? 상관하지 말라니까!"

말리는 무리를 비웃듯 놈은 다시 두 손으로 나를 들어 공중으로 내던졌다네. 내 몸은 하늘로 솟구쳐 나부끼듯 남쪽으로 날아가 경기와 호서를 지나 호남의 한 외진 곳에 떨어졌네. 공중에 붕 떠서 날아갈 때 아래를 내려다보니 지나치는 삼도의 고을이 낱낱이 눈에 들어오더군. 놈은 다시 나를 호남에서 공중으로 내던졌네. 내 몸은 하늘로 솟구쳐 올라 북쪽으로 휘익 날아 처음 엎어져 있던 집 섬돌에 떨어졌다네. 그러자 정원에서 만류하는 소리가 또 들렸네.

"그러지 말라구. 그러지 말래두!"

"무슨 상관이냐고?"

놈의 대답은 전과 같았네. 그리고 다시 나를 들어 공중으로 던지자 호남에까지 밀려가 떨어졌네. 놈은 호남에서 다시 나를 던졌고 나는 다시 섬돌 위로 떨어졌지. 그러기를 몇 차례, 지켜보고만 있던 저들 중의 한 놈이 내려오더니, 나를 붙잡고 있던 놈을 정원으로 데려가서는 저희들끼리 한바탕 시끌벅적 떠들고 웃다가 이내 흩어지더군. 그리고는 더는 나타나지 않았다네.

최원서는 섬돌 위에 엎어져 정신을 잃은 채 깨어나지 못했다 한다. 다음 날 아침, 최원서의 아버지가 밖으로 나왔다가 혼절해 있는 아들을 발견하고, 부랴부랴 부축해서 안으로 데리고 들어가 치료를 한 후에야 깨어났다고 한다. 그리해 결국 최원서의 집안은 그 집을 버리고 다른 동네로 피신했는데, 나중에야 그 집이 흉가였다는 사실이 밝혀졌다.

김유신의 분노

서악서원은 경주의 서쪽 서악 아래에 있는데, 신라 때의 인물인 설총과 김유신, 그리고 최치원에게 제사를 지내는 곳이다. 인조 때 경주의 유림회에서 편액을 청하자는 의논이 있었다. 그 자리에서 어떤 서생이 이런 주장을 폈다.

"우리나라에는 오래도록 경학이 없었소이다. 그러다가 홍유후가 방

● **삼도**(三道) 우리나라 남쪽에 위치한 충청도, 전라도, 경상도를 일컫는다.
● **경학**(經學) 유교의 경전, 즉 사서오경을 연구하는 학문 분야이다.
● **홍유후**(弘儒侯) 설총. 신라 문무왕 때의 학자로 원효 대사의 아들이다.

언으로 구경에 뜻을 달아 풀어 줌으로써 성인의 경전이 어떤 것인지 알았소. 그러니 홍유후야말로 우리나라 경학의 시조이외다. 그리고 문창후는 중국 땅에서 문장으로 이름을 크게 떨쳐, 후세에 문장을 하는 이들은 너나없이 그를 사표로 삼고 있소이다. 이는 우리 사문에 공이 있는 것이 아니겠소? 이리해 고려 때부터 문묘에 모셔 은덕을 칭송하고 있으니, 그 전례가 오래되었소이다. 지금 두 현인을 사당에 모시는 것은 참으로 이의가 없을 줄 아오. 하지만 김유신의 경우는 다르외다. 신라 때의 장군으로서 이룬 공적이 있다고 칩시다. 그러나 우리 유생과 함께 거론할 인물이 아니니, 두 현인과 함께 서원에 모실 수 없음이 분명하외다. 따라서 먼저 김유신의 위패를 뽑아 버리고 나중에 상부에 보고하는 것이 좋겠소이다."

이렇게 해서 여러 논의가 있었으나 확정을 짓지 못하고 자리를 파했다. 그날 밤, 그 서생은 재사에서 선잠이 들었다. 그런데 갑자기,

"물렀거라!"

하는 벽제 소리가 멀리서부터 점점 가까이 들려왔다. 이윽고 갑옷을 입고 칼을 찬 어떤 장군이 서원으로 들어와 대청 위에 걸터앉는 것이었다. 뜰의 좌우에는 창과 깃발 들이 하늘을 가린 채 늘어섰는데, 그 위풍이 실로 장관이었다. 잠시 후 대청 위에서 명령하는 소리가 들리는 듯했다. 이 소리에 만 명은 될 법한 휘하의 장졸들이 일제히 '예!' 하고 대답했다. 그와 동시에 무사 둘이 곤장을 들고 들이닥쳐 곧장 서생의 머리채를 잡아채더니 뜰 가운데로 끌어다가 엎드리게 하자 장군이 꾸짖기 시작했다.

"너는 이곳에서 태어나고 자랐으니 평소 나라를 세운 공로가 있는

사람들이 어떤 사람이라는 것쯤은 들었을 게야. 네가 유업을 귀중하다 하니 한번 물어보자. 유생의 일이 충과 효, 그 두 가지가 아니더냐? 나는 머리를 올리면서부터 나라에 몸을 바쳤다. 적군이 침략해 국가가 위험에 빠졌을 때, 떨쳐 일어나 몸소 위험을 무릅쓰고 죽음의 길에 들어선 것이 한두 번이 아니었느니라. 그리고 마침내는 적국을 평정했지. 약한 나라를 강한 나라로 변모시켜 당나라 천자의 위엄으로도 감히 우리나라에 군대를 출동시키지 못하게 했단 말이다. 그래도 나는 이것을 공훈이라 생각지 않았다. 충으로 치자면 이 정도이니라.

그럼 효로 말해 볼까? 우리 집안은 대대로 나라에 큰 공로가 있는바, 나는 선조의 가르침을 받들어 처음과 끝을 변함없이 실천했을 뿐이다. 이는 부모가 내려 주신 이름을 온전히 해 세상에 크게 드러낸 것이 아니더냐? 그런데도 너는 나를 다만 무장으로만 지목한단 말이냐? 군대를 동원하는 일은 공자께서도 어쩔 수 없다고 하셨으니, 나라고 어찌 이를 즐겨서 했겠느냐? 그리하지 않으면 임금과 어버이의

● **구경**(九經) 유학의 주요 경전을 일컫는 말로,《시경》등 아홉 가지 경전.
● **문창후**(文昌侯) 최치원. 신라의 육두품(六頭品) 출신 문인으로, 당나라에 들어가 과거에 합격해 중국에서 이름을 날렸다.
● **사표**(師表) 모범이 될 만한 인물.
● **사문**(斯文) 유교의 도의 또는 문화를 일컫는 말.
● **문묘**(文廟) 공자를 모신 사당. 유교 사회에서 성인인 공자를 기리기 위해 세웠다.
● **재사**(齋舍) 조선 시대 성균관이나 향교 등에서 유생의 기숙사로 쓰던 건물.
● **벽제**(辟除) 임금이나 고관이 행차할 때 앞에서 '물렀거라.' 하며 지나가는 사람들을 물리치는 일.
● **유업**(儒業) 학자가 유학을 공부하는 것을 말한다.
● **천자**(天子) 하늘의 뜻을 받아 천하를 다스리는 사람이라는 뜻으로, 최고 통치자를 가리키는 말.

어려움을 구원할 수 없었기 때문이니라. 이처럼 내가 이룬 업적은 하나하나가 충과 효에서 나온 것이라 세상에 보탬이 되거늘, 어찌 붓을 잡고 먹을 놀려 진부한 말을 늘어놓는 너희 같은 자들과 비교할 수 있겠느냐? 나를 서원에서 배향하는 일은 실로 한 마을의 여론으로 하고 있으며, 퇴계 선생같이 큰 선비도 아무런 이의가 없었느니라. 네까짓 게 무어라고 감히 이런 망언을 해 신령에게 모욕을 준단 말이냐? 그러고도 아무 거리낌이 없으니 무엄하기가 짝이 없구나. 내 장차 네 목을 베어 어리석으면서도 뉘우칠 줄 모르는 너 같은 놈들을 징계할 것이니라. 너는 이제 후회가 없으렷다!"

서생은 두려워 벌벌 떨며 한마디도 꺼내지 못하고 엎드린 채로 있었다. 장군은 좌우를 돌아보며 영을 내렸다.

"이놈은 용서할 수 없는 죄를 지었느니라. 지금 바로 참혹하게 죽여야 마땅할 것이나 곧 제사를 모셔야 하니 제를 지내는 곳에서 형을 집행할 수는 없는 법, 내일 중에 이놈의 집에서 처단할 것이니라."

그 말이 끝나기가 무섭게 서생은 꿈에서 깨어났다. 꿈속에서도 떨었던지 등엔 식은땀이 흥건하고 멍해 아무것도 할 수 없었다. 그날 밤 서생은 감기 기운이 있더니 한밤중에는 집으로 업혀 갔다. 결국 그는 다시 일어나지 못하고 몇 되나 되는 피를 쏟고 죽었다 한다.

● **배향**(配享) 문묘나 사원 등에 학덕이 있는 사람의 신주를 모시는 것.

이야기 ‥‥ 넷

귀신을 부리는 사람들

귀신 명부를 가진 사내

한준겸에게는 호남 땅에 살고 있는 먼 친척이 있었다. 그 친척은 사람 됨됨이가 경망스러운 데다가 가난하기 짝이 없었다. 그래서인지 수시로 한준겸을 찾아와 의지하곤 했다. 그때마다 한준겸은 헐벗고 주린 친척을 불쌍하게 여겨 내치지 않고 입은 옷도 벗어 주고 음식도 대접해 주며 따뜻하게 대했다. 친척은 한 번 올 때마다 보름 남짓 붙어 지냈다. 한준겸이 워낙 능력이 없는 사람이라 그렇겠거니 하며 탓하지 않았기 때문이다.

어느 날, 그 친척은 또 한준겸을 찾아왔다. 그런데 이번엔 어찌 된 일인지 금방 돌아가겠다고 하는 것이었다. 정월 초하루가 얼마 안 남은 때라, 한준겸은 애써 그 친척을 붙잡았다.

“말 위에서 배를 주린 채로 새해를 맞아서야 쓰겠는가? 내 집에 있으면서 떡국이라도 배불리 먹으며 따뜻한 자리에 누워 새해를 맞도록 하게. 그렇게 하세나.”

그런데도 그 친척은 한사코 돌아가겠다고 고집을 부렸다. 한준겸은 한준겸대로 물러서지 않고 붙잡아 두려 하자 결국 형편이 어려웠던 친척이 어쩔 수 없이 고집을 꺾고 더 머물게 되었다. 그렇게 며칠을 보내던 친척이 그믐날 밤이 되자 한준겸에게 부탁을 했다.

“다른 사람에겐 이런 말을 한 적이 없습니다만, 저에게는 남다른 비밀이 있답니다. 매년 정월 초하루면 항상 수만이나 되는 귀신들을 모아 놓고 점검을 하지요. 그리하지 않으면 귀신들이 제멋대로 사람들에게 행패를 부리게 되니, 이는 결코 우습게 볼 일이 아니랍니다. 제가 누차 돌아가겠다고 아뢴 것도 사실은 이 때문이었습니다. 나리께서 저를 이렇게 잡아 두셨으니, 저는 아무래도 나리 댁에서 귀신들을 점검해야 할 듯합니다. 그러니 혹시라도 놀라지 마십시오.”

한준겸은 영 믿기지 않았으나 별일이다 싶어 그렇게 하라고 허락해 주었다. 그러자 그 친척은 다시 한준겸에게 양해를 구했다.

“일이 아주 중대한지라 대청마루를 빌려야겠습니다.”

“그렇게 하게.”

한준겸은 흔쾌히 그러라고 하며 아랫사람들을 시켜 대청마루를 깨끗이 치워 주었다. 그날 밤, 친척은 왕이 신하를 대하듯 남면을 하고서 단정하게 앉았다. 한준겸은 밖에서 이를 엿보았다. 얼마 뒤 수를 헤아릴 수 없이 많은 무리가 말을 타고 몰려들었는데, 뭐라 표현할 길이 없을 정도로 기괴한 형체와 이상한 복장을 하고 있었다. 얼마나 많이 몰려들었는지 앞으로 죽 둘러서서 절을 하는데, 자리가 모자라 뜰과 섬돌까지 입추의 여지가 없었다. 다 들어오자 그 친척은 책자 하나를 꺼내더니, 명부를 들고 이름을 부르기 시작했다. 귀졸 몇이 섬돌 앞에 서서 이름을 부르며 점검하는 모습이, 꼭 관청에서 관리들을 점검하는 식이었다. 점검은 초저녁에 시작해 새벽녘이 되어서야 끝이 났다. 수만이라던 말이 그냥 나온 게 아니었다. 그런데 점검을 막 끝냈을 즈음, 귀신 하나가 허겁지겁 당도했고, 또 다른 귀신 하나는 담장을 펄쩍 넘어 들어왔다. 친척은 늦게 온 귀신을 앞으로 끌고 오라고 하더니 죄를 물었다. 늦게 도착한 귀신이 변명을 했다.

"마침 한 끼도 해결하기 어려운 흉년이 들었으니 저희가 활동하기에 더할 나위 없이 좋은 때입죠. 그래서 멀리 영남까지 내려가 아무개 선비 집에다 천연두를 퍼뜨리고 오느라 이렇게 늦었사옵니다. 용서받을 수 없는 죄를 지었사옵니다."

담을 넘어 들어온 귀신도 변명을 했다.

"오래도록 기근이 든 경기 지방의 선비 집에 전염병을 퍼뜨리고 있다가 늦게 명부를 점검한다는 사실을 알고 부랴부랴 도착한 것이옵니다. 급한 김에 그만 담장을 넘는 죄를 저지르고 말았나이다."

저들의 변명을 듣고 난 친척은 소리를 버럭 지르며 꾸짖었다.

● **남면**(南面) 임금이 신하를 내려 본다는 뜻으로, 임금이 남쪽을 향해 신하를 바라본 데서 유래한 말이다.
● **명부**(名簿) 어떤 일에 관련된 사람의 이름과 주소, 직업 등을 적어 놓은 장부.

"뭣이라고? 이자들은 나의 금령을 어겼을 뿐만 아니라 위험한 병을 많이 옮겼으니 죄가 크도다. 하물며 지체 높으신 재상 댁 담장을 넘어 들어왔으니 용서할 수 없다. 늦게 도착한 놈은 곤장 백 대를 치고, 담장을 넘은 놈은 수백 대를 친 다음, 칼을 씌우고 족쇄를 채워 감옥에 가두어라."

이어 친척은 다른 귀신들에게도 사람들에게 해를 입히지 말라고 명령을 내리고는 재차 삼차 다짐을 받은 다음에야 점검을 끝내고 돌아가도록 했다. 귀신들은 빙 둘러 절을 올리고 문 앞을 빼곡히 메우며 나갔다. 수만의 귀신이 나가느라 분주하고 시끄러운 소리가 들리더니, 한참이 지나서야 그쳤다. 친척은 약간 수심에 잠긴 듯 아무 곳도 응시하지 않은 채 닭이 울고 하늘이 점점 밝아질 때까지 빈 청사에 꼿꼿이 앉아 있었다.

몰래 이 광경을 지켜본 한준겸은, 그저 황홀하면서도 이해하기 어려워 고개만 갸우뚱거렸다. 아침이 되어 한준겸이 친척에게 도대체 어떻게 귀신 부리는 재주를 얻었는지 물었더니, 대답이 이랬다.

제가 젊었을 때 산사에서 책을 읽던 시절이었습니다. 우악스럽고 기괴하게 생긴 어떤 노승이 계셨는데, 너무 노쇠해 죽음을 앞두고 있었지요. 사람들 모두 노승을 업신여기며 욕을 했지만, 저만은 늙고 초라한 모습이 안타까워 때때로 남은 밥을 주며 그럭저럭 대접을 해 주었지요. 그러던 어느 달 밝은 밤, 노승이 제게 이렇게 속삭이더군요.

"절 뒤편 골짜기의 경치가 절경이라오. 나랑 함께 가서 보지 않겠소?"

저는 노승의 말을 믿고 따라나섰지요. 절을 나와 산기슭을 넘어 인적이 끊긴 곳에 다다르자, 노승은 품에서 책을 한 권 꺼내더니 저에게 주면서 이런 말을 하더군요.

"나는 이런 재주를 가졌으나 이제는 늙어서 살날이 얼마 남지 않았다네. 오래전부터 남에게 전수해 주려 작정했지만, 나라 안을 아무리 뒤져도 적임자를 만날 수가 없었네. 그러다가 이제야 자네를 만났네그려. 이제 이것을 그대에게 전해 주려네. 받으시게."

책을 펴 보니 귀신 명부로, 귀신을 다스리는 법까지 나와 있었답니다. 노승이 당장 한 부를 베껴 불사르자, 수만의 귀신들이 잠깐 사이에 우르르 모여들지 않겠습니까? 그들을 본 저는 너무 놀라 몸을 벌벌 떨었지요. 노승은 저와 나란히 앉아서 하나하나 이름을 부르더니, 이윽고 귀졸들에게 이르더군요.

"나는 이미 늙었도다. 이제 너희들을 이 젊은이에게 부탁했으니 지금부터는 이분을 따르도록 해라!"

저는 그 책자를 받아서 여러 귀신을 호령해 보고 돌려보냈지요. 그리고 나서 노승과 함께 다시 절로 돌아와서 잠을 잤습니다. 그런데 새벽에 일어나 노승을 찾으니, 이미 떠나고 없더군요. 그 후로 제가 수십 년 동안 귀신 부리는 일을 계속해 왔습니다. 아무도 모르는 사실이었는데, 나리께서 처음으로 아시게 되었군요.

이 말을 들은 한준겸은 무척 신기해 하면서 또 물었다.

“나도 그 술법을 전수받을 수 있겠는가?”

“물론 나리의 능력으로 보아서는 충분하지요. 그렇지만 이런 재주는 재야에 있는 궁한 선비나 하는 짓이지, 나리 같은 재상께서 하실 일은 못 되옵니다.”

다음 날, 그 친척은 한준겸과 이별하고 떠나가더니 그 후론 다시 오지 않았다. 한준겸이 사람을 보내 거처를 알아보았더니, 첩첩산중에 띠로 엮은 게딱지만 한 암자에 사는데 사방에 이웃이라곤 찾아볼 수 없었다고 했다. 한준겸이 여러 번 불러도 응하지 않더니 급기야 아예 거처를 옮겨 영영 종적을 감춰 버렸다 한다.

귀신을 마음대로 부린 선비

전라남도 임실군에 사는 선비 아무개는 자신이 귀신을 부리는 재주가 있다고 자랑하곤 했다. 그런데 과연 그 말을 증명할 만한 일이 벌어졌다.

하루는 선비가 어떤 사람과 내기 장기를 두게 되었다. 진 사람이 매를 맞기로 했는데 그자는 지고도 매를 안 맞겠다고 버텼다. 선비는 으름장을 놓았다.

“매를 맞지 않았다가는 그보다 더한 곤경을 치를 텐데!”

그래도 그자는 끝내 약속을 지키려 하지 않았다. 참다 못한 선비는 허공을 향해 누군가를 불러 명령하는 듯한 시늉을 했다. 그러자 계속 버티던 그자가 무엇엔가 홀린 듯 갑자기 마당으로 내려와 볼기를 내밀었다. 허공에서는 채찍을 휘두르는 소리가 들렸고 대여섯 번의 몽둥이

질에 그자의 볼기가 점점 퍼렇게 부어올랐다. 그자는 고통을 참지 못하고 소리치며 살려 달라고 애원했다. 선비는 그제야 씩 웃으며 풀어 주었다.

이런 일도 있었다. 임실의 관청에서 다른 사람과 함께 있을 때였다. 관청의 후원에는 대나무 숲이 있고 그 바깥쪽으로 촌가가 이어져 있었다. 촌가에서 무슨 굿을 하는지 둥둥 북소리가 울렸다. 갑자기 선비는 후원으로 달려가 눈을 부릅뜨고 목에 핏대를 세우며, 대숲을 향해 큰 소리로 꾸짖으며 팔을 휘둘러 뭔가를 몰아내는 시늉을 했다. 영문을 모르는 사람들이 왜 그러느냐고 묻자, 대답이 이랬다.

"잡귀들이 떼거리로 굿하는 곳에서 이쪽 대숲으로 우르르 몰려드는 게 아니겠습니까? 쫓아내지 않고 내버려 두었다간 이 대숲에 붙어 있다가 인가에 해를 입힐 것이 분명해 쫓아 버렸습니다."

또 어느 날, 다른 선비와 동행하던 길이었다. 선비가 느닷없이 허공을 향해 마구 소리를 질렀다.

"너는 무엇 때문에 감히 이 죄 없는 사람을 잡아가려고 하느냐? 만약 풀어 주지 않으면 내 너를 엄히 다스릴 게야!"

같이 가던 선비가 왜 그러냐며 물었으나 입을 다문 채 대답이 없었다. 저물녘에 어느 촌가에 묵으려 했지만 주인은 집에 병든 사람이 있다며 받아 주지 않았다. 선비는 종을 시켜 이유를 따져 묻고 다짜고짜 들어갔다. 그때 창틈으로 주인의 아내와 딸이 그들을 힐끔힐끔 엿보았는데, 조금 뒤 저들끼리 몰래 나누는 말과 놀라 감탄하는 소리가 조그맣게 들려왔다.

그날 저녁, 주인 늙은이가 그들을 찾아왔는데, 술과 안주까지 마련해 대접하는 것이 아까와는 전혀 딴판이었다.

"소인에게는 딸아이가 있사온데, 별안간 위독한 병에 걸려 오늘 죽었더랬습니다. 한데 금세 다시 살아나서는 이런 말을 하는 게 아니겠습니까? '귀신에게 끌려가던 중에 어떤 분이 귀신더러 저를 놔두고 가라고 꾸짖는 거예요. 그랬더니 귀신이 몹시 두려워하며 당장 저를 놔두고 가 버렸어요. 그래서 이렇게 살아 돌아올 수 있었어요.' 하고 말입니다. 살아 돌아온 딸아이가 창틈으로 선비님을 엿보다가 '저분이 귀신을 몰아낸 분이에요.' 하지 않겠습니까? 어찌 이리도 놀랍고 기이하답니까? 선비님께서는 신선인가요, 부처인가요? 아이를 살려 주신 은혜를 어찌 다 갚으오리까만, 우선 이것으로라도 대접하고 싶습니다."

"허허허, 당신 말이 허무맹랑하구려. 내 어찌 그런 일을 할 수 있단 말이오?"

선비는 내온 음식을 묵묵히 먹기만 할 뿐이었다.

봉황을 탄 자, 난새를 탄 자, 학을 붙잡고 탄 자, 용을 탄 자,

기린을 모는 자 들이 **내달리고,** 구름에 앉아서 **뛰어오**르 는 자,

바람을 몰아 나는 자, 허공을 걷는 자, 파도 위를 걷 는 자 들이 출 몰 했 다

신선 세계와 인간

이야기 … 하나

지리산에 펼쳐진 신선 세계

중종 때의 이야기이다. 서울 저잣거리에 거지가 하나 있었다. 그 거지는 험상궂은 인상에 얼굴엔 덕지덕지 때까지 끼어 있었다. 나이가 족히 마흔은 되어 보이는데도 장가를 못 갔는지 아직도 떠꺼머리였다.

거지는 낮에는 어깨에 자루를 둘러메고 저잣거리 구석구석을 헤집고 다니며 구걸했고, 밤이 되면 남의 집 대문에 기대어 잠을 청했다. 주로 종각 근처 거리에 머물 때가 많았는데, 그곳에서 매일 품팔이꾼이나 건달들과 어울렸다. 어느 날부터는 아예 그들과 친해져서 함께 쏘다니며 지냈다. 거지는 남들에게 자신의 성을 장씨라 소개해 사람들은 그를 '장 도령'이라 불렀다.

그 시절 전우치라는 도사가 있었다. 희한한 도술을 부리며 세상을 우롱하던 자였는데, 큰길가에서 장 도령과 마주치기라도 하면 타고 다니던 말에서 굴러떨어질 듯 내려왔다. 그러고는 잰걸음으로 장 도령 앞에 다가와서는 고개를 푹 숙이고 눈도 마주치지 못했다. 장 도령이 고개를 빳빳이 든 채,

"너, 요즘 재미가 쏠쏠하다지?"

라고 하면, 전우치는 두 손을 공손히 모으고 벌벌 떨며 고작 하는 말이 "예, 예."였다. 이따금씩 이렇게 마주칠 때마다 전우치가 공손하게 대하는데도 장 도령은 눈도 꿈쩍 않으며 무시하고 지나쳤다. 그 모습을 지켜보던 사람들은 고개를 갸우뚱거리며 이해할 수 없다는 표정을 지었다.

한편, 음직으로 벼슬을 한 어떤 이가 근처에 살고 있었다. 집이 길가에 있다 보니 장 도령이 구걸하는 장면을 여러 번 목격했는데, 벼슬아치는 장 도령을 불러다가 구걸하며 사는 사정을 물었다.

"저는 본래 호남 땅 양반가 출

신이지요. 한데 부모님이 갑자기 전염병으로 돌아가시고 남은 형제는
물론 친척도 없다 보니, 어디고 이 몸 하나 의지할 데가 없었지요. 구
걸한 밥으로 목숨이나 부지하며, 이리저리 떠돌다가 서울까지 흘러왔
습죠. 그러나 지금껏 무엇 하나 잘하는 게 없으니, 낫 놓고 기역 자도
모르는 꼴이지요.”

벼슬아치는 장 도령이 사대부 집안 출신이라는 말에 안쓰럽고 가여
운 마음이 들었다. 그래서 술과 먹을 것을 차려 주고 쌀도 챙겨 주었
다. 이때부터 자신의 집에 먹을 것이 생기면 사람을 시켜 장 도령을 불
러다가 배불리 먹게 해 주는 등 더욱 살갑게 대해 주었다.

그러던 어느 날이었다. 출타 중이던 벼슬아치가 거리에서 우연히 시
신 한 구와 마주치게 되었다. 시신은 여러 사람에게 들려 동대문 방향
으로 나가는 중이었다. 벼슬아치는 말을 타고 있느라 평소처럼 부채로
얼굴을 가리지 않은 터여서, 언뜻 봐도 장 도령의 시신이란 것을 금방
알 수 있었다. 벼슬아치는 마음이 너무 아팠다. 집에 돌아와서도 장 도
령을 떠올리며 죽음을 안타까워했다.

“세상에 박명한 이가 어디 한둘이겠느냐마는 아무리 그래도 장 도
령 같은 자가 또 있을까? 따져 보니 장 도령이 종각에서 구걸한 지도
십오 년이나 되었구나. 결국 이렇게 시신으로 버려지는 신세가 되고

말았으니 참으로 가엾다!"

그 후로 세월이 수십 년 흘렀다. 벼슬아치가 볼일이 있어 호남 지방으로 내려갔는데, 지리산 아래를 막 지나다가 그만 길을 잃고 산속을 헤매게 되었다. 날은 점점 어두워지는데 길을 찾지 못해 막막할 뿐이었다.

그러다가 꼴 베는 아이들이나 다닐 법한 좁다란 샛길 하나를 발견했다. 분명 가까운 곳에 인가가 있으리란 생각이 들어 꼬불꼬불한 길을 따라 걸어갔다. 그 길을 따라 들어갈수록 물이 맑고 깨끗하며 초목은 싱그럽고 아름다웠다. 점입가경이란 게 바로 이런 걸 두고 하는 말이 아닌가 싶었다.

수십 리를 들어가자 눈앞에 황홀한 별천지가 펼쳐졌다. 그곳은 더 이상 인간 세상의 정경이 아니었다. 순간 저 멀리서 청색 도포를 입은 어떤 사람이 시종들을 거느리며 청노새를 타고 일산을 늘어뜨린 채 다가왔는데, 그 모습이 꼭 구름 위로 날아오는 듯했다. 고관대작의 행렬이라고 생각했지만, 이런 깊은 산중에 웬 대관 행차가 있을까 싶어 벼슬아치는 의구심이 일었다.

말을 잡아끌어 숲 속으로 몸을 피하려 하는데, 그럴 겨를도 없이 일행이 눈앞에 당도해 있었다. 그 사람은 노새에 탄 채로 벼슬아치에게 읍을 하고 안부를 물었다.

"나리께서는 그간 평안하셨는지요?"

벼슬아치는 소스라치게 놀라 멈칫멈칫하며 대답을 못했다. 그러자 그 사람은 빙그레 웃었다.

"저야 이곳에 살고 있습니다만, 나리께선 어쩐 일로 예까지 왕림하셨는지요?"

그러더니 곧장 방향을 돌려 앞장서 가는데, 그 모습 역시 비호처럼 빨라 일순간 시야에서 사라졌다. 그 뒤를 따라 얼마쯤 가자 아주 큰 궁전이 눈에 들어왔다. 궁전은 몇 리에 걸쳐 자리한 듯 굉장한 규모였다. 누대는 아스라하게 높이 솟아 있었고 금빛과 푸른빛이 어우러져 번쩍번쩍 빛났다. 정문에는 의관을 갖춘 사람이 대기하고 있었는데, 벼슬아치가 도착하자 절을 올리며 영접했다.

서너 채의 전각을 지나 한 궁에 이르러 당상으로 오르자 매우 장엄한 의관을 한 멋진 장부가 마중을 나왔다. 장부 옆으로 수십 명의 아리따운 여인이 그를 모시고 섰는데, 한결같이 미인들이었으며, 시중드는 어린아이들도 십여 명이나 되었다.

옆에서 호위하며 늘어서 있는 시종관들의 모습은 여느 왕실과 다름없었다. 벼슬아치는 두려운 마음에 종종걸음으로 나아가기는 했지만, 감히 눈을 들어 장부를 쳐다볼 수가 없었다. 그러자 장부는 겸손하게 답례를 하며 웃었다.

"그대는 나를 알아보지 못하시는구려. 잘 보시오!"

● **일산**(日傘) 해를 가리기 위해 쓰는 양산. 주로 벼슬아치가 수레나 말을 타고 출타할 때 사용했다.

● **읍**(揖) 인사하는 예(禮)의 하나. 두 손을 맞잡아 얼굴 앞으로 들어 올리고 허리를 앞으로 공손히 구부렸다가 몸을 펴면서 손을 내린다.

● **전각**(殿閣) 전(殿)이나 각(閣) 자가 붙은 커다란 집을 이르는 말.

● **시종관**(侍從官) 옆에서 시중을 들며 따르는 관리.

벼슬아치는 겨우 얼굴을 들었다. 아까 길에서 청노새를 타고 일산을 늘어뜨린 채 벼슬아치를 맞던 사람이라 기억이 나긴 했지만, 전에 알고 있던 인물은 아닌 듯싶었다.

"앞서 뵈었을 때도 영문을 몰랐고, 지금 제게 물어보셨지만 대답할 길이 없사옵니다."

"내가 바로 장 도령이라오. 그대는 어찌 나를 몰라본단 말이오?"

그제야 벼슬아치는 고개를 들어 얼굴과 눈을 세세히 살펴보았다. 과연 장 도령이었다. 그러나 맑고 수려하며 기품이 넘쳐 나는 풍채는, 예전의 추하고 남루했던 모습과는 전혀 딴판이었다. 벼슬아치는 어찌 된 영문인지 몰라 놀랍고 혼란스러울 뿐이었다.

장 도령은 연회를 마련해 그를 대접했다. 진기한 안주와 요리, 영롱하게 빛나는 그릇 들은 인간 세상에 있는 것이 아니었다. 앞에서는 젊은 여인 십여 명이 죽 늘어서서 풍악을 울리며 춤을 추고 노래를 했다. 이 또한 지금 세상에서 보고 들을 수 있는 광경이 아니었다. 여인들의 아름다운 모습은 진실로 요희와 옥녀라 할 만했다.

장 도령이 말했다.

"우리나라에는 4대 명산이 있고 각각의 선관이 그곳을 주재하는데, 나는 바로 이 지리산을 주재하지요. 일전엔 잘못을 저질러 잠깐 동안 인간 세상으로 귀양을 가 있었던 게요. 그때 그대가 나를 정성으로 대접해 주었지요. 내 그 후의를 잊지 않고 있었소. 게다가 그대가 나의 주검을 보고 측은해 하며 애도하던 마음까지도 다 알고 있지요. 나는 그때 죽은 게 아니라 바로 유배의 기한이 다 찼던 것이오. 그래서 시해해 신선으로 되돌아온 것이라오.

오늘 당신이 이 산을 지나간다는 사실을 알고, 예전의 은혜를 갚고자 초청해 자리를 마련한 게요. 당신도 나와의 묵은 인연이 있어서 여기까지 찾아온 것이 아니겠소?"

술자리의 즐거움을 다하고서야 연회가 끝났다. 그날 밤 벼슬아치는 어느 별전에서 묵었다. 그곳의 창과 문, 처마와 창살은 모두 산호나 수정 같은 진기한 보석으로 만들어져 있었는데, 어찌나 영롱하고 투명한지 마치 대낮처럼 훤했다. 벼슬아치는 뼛골이 시원해지고 정신이 맑아져서 잠을 이룰 수 없었다.

다음 날 떠나는 벼슬아치를 위한 잔치가 열렸다. 술이 얼큰해지자 장 도령이 말했다.

"이곳은 그대가 오래 머물 곳이 아니니 이제 돌아가는 게 좋겠소. 선계와 세속의 길은 전혀 다른지라, 훗날 우리가 다시 만나기는 어려울 게요. 부디 존체를 잘 보존하시기 바라오."

이윽고 시종을 시켜 돌아가는 길을 안내하도록 했다. 벼슬아치는 절을 하고 물러 나왔다.

궁문을 나서 얼마 가지 않아 곧장 큰길이 나타났다. 그런데 처음 산

• **요희**(瑤姬)**와 옥녀**(玉女) 전설에 나오는 아름다운 여자들이다.
• **선관**(仙官) 신선 세계의 관리.
• **시해**(尸解) 몸은 그대로 남아 있고 혼백이 빠져나와 신선이 되는 것을 말한다.
• **별전**(別殿) 본궁 외에 따로 지은 궁전.
• **존체**(尊體) 다른 사람의 몸을 높여 이르는 말.

에 들어올 때의 그 샛길이 아니었다. 벼슬아치는 여러 번 나뭇가지를 꽂아 지나온 길을 표시해 두었다. 길을 안내하던 자는 처음 만났던 곳에 이르자 인사를 하고 되돌아갔다.

이듬해 벼슬아치는 다시 그 길을 찾았으나, 겹겹으로 에워싸인 언덕과 첩첩한 산등성이엔 초목만이 빼곡할 뿐 도저히 찾을 수가 없었다. 그 후로 벼슬아치는 시간이 지날수록 점점 젊어지고 머리털도 희어지는 법이 없더니, 거의 아흔이 될 때까지 아무런 병도 앓지 않고 생을 마쳤다. 벼슬아치가 죽기 전에 한번은 이런 말을 했다고 한다.

"장 도령이 세상에 있을 때의 일을 더듬어 생각해 보면 별반 이상할 것은 없었어. 다만 조금도 변하거나 늙는 일 없이 남루하고 거친 옷 하나만 걸친 채, 십오 년을 하루처럼 변함없이 지낸 것 말고는. 그러고 보면 장 도령은 평범한 사람이 아니었지. 평범한 사람의 눈으로는 알아볼 수 없었던 게 어쩌면 당연한지도……."

이야기 …
둘

신선 세계에서 혼인한 유생

인조 때 경기도 가평군에서 있었던 일이다. 그곳 향교에서 공부하는 한 유생이 있었다. 유생은 미혼이었으며 나이가 젊은데도 문장과 역사에 대한 식견이 높은 편이었다.

어느 날 관동에 볼일이 생긴 유생은, 어린 종 하나를 데리고 걸음이 느린 망아지에 올라 길을 나섰다. 그런데 어느 산 아래를 지날 무렵, 갑자기 비를 만났다. 피할 곳도 없어 반나절을 흠뻑 비에 젖어 길을 가는데, 느닷없이 어린 종이 망아지 앞에서 쓰러져 죽고 말았다. 유생은 너무 놀라고 당황해 한동안 어쩌지 못하고 멍하니 있었다. 그러다가 겨우 정신을 차려 시신을 길 옆 산모퉁이에 끌어다 두고 망아지를 타고 다시 길을 재촉했다. 몇 리쯤 더 갔을까, 이번에는 타고 가던 망아지마저 갑자기 땅에 꼬꾸라져 죽는 게 아닌가! 먼 길 가는 여정도

힘겨운데, 함께 가던 종과 망아지가 다 죽어 버렸으니 저절로 눈앞이 캄캄해졌다. 게다가 비까지 그치지 않으니 괴로움은 이루 헤아릴 수 없었다.

'혈혈단신 나 혼자, 그것도 걸어서 관동 땅까지 간다는 건 아무래도 무리야……. 이를 어쩐다?'

막막한 생각에 유생은 저도 모르게 눈물을 주루룩 흘렸고, 급기야 엉엉 울고 말았다. 이때 갑자기 지팡이를 짚은 노인이 나타났다. 새하얀 머리털에 희끗희끗한 눈썹을 한 노인은 겉보기에도 상당히 비범해 보였다.

"도대체 무슨 일로 이리 통곡을 하는 거요?"

"같이 가던 종놈과 망아지가 길에서 죽어 버리고, 비를 맞으며 아무리 걸어도 머물러 쉴 곳이 도대체 보이질 않아서……."

"저런! 딱하게 됐군."

노인은 짚고 있던 지팡이를 들어 한 곳을 가리켰다.

"이보게, 저기 소나무와 대나무가 있는 숲이 보이지? 저 숲 너머로 시냇물이 흐른다네. 그 시내를 쭉 따라가다 보면 상류쯤에 사람들이 살고 있을 거야. 아마 그곳에서는 쉬어 갈 수 있을 걸세."

노인이 지팡이로 가리키는 방향으로 눈을 돌려 보니, 일 리쯤 떨어진 곳에 과연 소나무와 대나무가 울창하게 우거져 숲을 이루고 있었다. 유생은 허리를 굽혀 노인에게 감사의 절을 올리고 곧장 그곳으로 향했다. 채 몇 걸음도 안 가서 뒤를 돌아보니, 노인은 사라지고 보이지 않았다. 무척 놀라고 의아했지만, 일단 노인이 가르쳐 준 곳으로 가

보기로 했다.

그곳에는 굵직굵직한 소나무와 쭉 뻗은 대나무가 빽빽하게 들어차서 숲을 이뤘고, 그 너머로 과연 큰 시냇물이 흘렀다. 시내 바닥은 하얀 돌이 고르게 깔려 있어 마치 흰 비단을 펼쳐 놓은 듯 보였고, 물빛은 옥 같았다. 옷자락을 걷고 시내를 거슬러 오르는데, 물이 얕아 겨우 발만 적실 정도였다. 일 리쯤 더 올라가자 화려한 세 칸 누각이 눈에 들어왔다. 시내를 내려다보듯 우뚝한 누각은, 단청이 훤히 내비치고 난간은 아스라이 솟아 있었다.

유생은 젖은 옷자락을 끌며 가시나무 지팡이를 짚고서, 누각 아래에서 잠시 쉬었다. 누각 한가운데에는 몇 자쯤 될 만한 돌이 놓여 있었는데, 옥돌이나 숫돌처럼 깨끗하고 매끄러워 보였다. 자세히 훑어보니 정말 티 하나 없이 말끔했다. 누각의 칸마다 그런 돌이 하나씩 있었다. 누각 위에는 돌로 만든 책상만 달랑 있었는데, 그 위에는 《주역》 한 권이 놓여 있었다. 그리고 책상 앞 돌화로에선 푸른빛을 띤 연기가 모락모락 피어올랐다.

그 밖에 다른 것은 아무것도 없었다. 안으로 들어서자, 비바람이라고는 전혀 들이치지 않은 듯 온화하고 맑은 기운이 감돌았다. 맑고 고요한 곳에 서 있으니, 속세의 근심이 절로 사그라지는 듯했다.

● **향교**(鄕校) 조선 시대 지방의 학교로, 지금의 국·공립 초·중등학교에 해당한다.
● **관동**(關東) 대관령의 동쪽 지역이란 뜻으로, 강원도 일대를 말한다.
● **《주역**(周易)**》** 유교 경전으로 천지 만물의 변화를 통해 자연 현상의 원리를 풀이했다.

신비한 기분에 취해 있는데, 별안간 신발 끄는 소리가 누각 뒤편에서 들렸다. 깜짝 놀라 뒤를 돌아보니 웬 노인이 서 있지 않은가! 거북처럼 보이는 몸에 학의 얼굴을 하고, 기품은 맑고 고상해 보였다. 매미 날개같이 얇고 가벼운 푸른빛의 비단 도포를 입고, 아홉 마디로 된 대나무 지팡이를 짚고 있는 노인의 거룩한 풍채는 도무지 이 세상 사람 같지가 않았다. 유생은 이 노인이 바로 누각의 주인 어른임을 직감하고, 종종걸음으로 나아가 절을 올렸다. 노인은 반가운 얼굴로 맞이하며 읍을 했다.

"내가 이 집 주인이라오. 당신을 오랫동안 기다렸지요."

그러고는 앞장서서 길을 안내했다. 길을 따라 들어가면 갈수록 산천의 풍광이 신기했고, 하늘은 활짝 열렸으며, 바람과 햇빛은 맑게 빛났다. 그런데 잠깐 눈을 돌린 사이에 노인은 어디론가 사라져 버렸다.

얼마 후, 유생은 자신도 모르게 어떤 곳으로 이끌려 갔다. 온갖 보석으로 만들어진 화려한 궁궐이 몇 리에 걸쳐 좌우로 죽 늘어서 있었다. 유생은 언젠가 과거를 보러 서울에 갔을 때 도성의 궁궐을 본 적이 있었는데, 지금 이곳 건물의 장관과 비교해 보면 왕궁은 작은 집채에 불과할 정도였다.

문 앞에 다다르자, 의관을 갖춘 자가 앞장서서 유생을 안으로 데리고 들어갔다. 전각 서너 채를 지나서야 왕이 거처할 법한 궁에 이르렀다. 유생이 섬돌 위로 올라가니 어떤 노인이 단상의 궤석에 기대어 앉아 있었다. 유생은 원래 촌구석의 가난하고 변변치 못한 집안 출신인 데다, 한 번도 귀인을 만난 적이 없었기에 황공해 감

● 궤석(几席) 안석(案席)과 돗자리. 안석은 앉을 때 옆에 기대는 방석.

히 얼굴을 들지 못했다. 그러자 노인은 흔쾌히 앉으라고 권했다.

"이곳은 인간 세상이 아니고 바로 신선 세계일세. 그대가 찾아올 줄 이미 알고 있었기에 이렇게 환영하는 걸세."

유생은 그제야 슬며시 고개를 들고 눈을 마주쳤다. 그런데 아까 화려한 누각 뒤편에서 신발 끄는 소리를 내며 나타났던 바로 그 노인이 아닌가! 노인은 돌아보며 영을 내렸다.

"필시 이 사람은 굶주렸을 테니 어서 먹을 것을 갖다 주어라. 한데 갑자기 신선의 찬을 주면 탈이 날 수도 있으니, 인간 세상의 음식을 주도록 하라."

잠시 후, 어린 시종이 쟁반 가득 음식을 받들어 올렸다. 과연 인간 세상의 음식이긴 했으나, 보기 드문 진수성찬이었다. 다시 어린 시종이 돌그릇을 받들어 주인에게 올렸다. 그릇 안에 담겨진 것은 푸른빛을 띤 채 굳어 있는 듯 보였는데, 정확히는 알 수 없었으나 아마도 신선이 마신다는 옥장이 아닌가 싶었다. 노인은 그릇을 받아 들고 단번에 훌쩍 마셔 버렸다.

춥고 배고팠던 유생은 진수성찬을 대접받고는, 정신이 황홀해 신선 세계에 빠져들기 시작했다. 노인은 시종에게 상을 물리라 하더니 비로소 유생의 의향을 떠보는 것이었다.

"내게 딸이 하나 있다네. 진작 시집갈 나이가 되었는데도 혼처를 못 구하고 있지. 자네가 여기에 온 것은 아무래도 좋은 인연이 있어서일 게야. 자네를 이곳에 붙들어 놓고 내 사위로 삼고 싶으이."

무슨 영문인지 알 길이 없는 유생은 엎드린 채로 감히 대답을 못했다. 그러자 노인은 주위 시종들에게 명했다.

"아이들을 불러오너라."

말이 끝나기가 무섭게 아이 둘이 안에서 나오더니, 노인 곁에 앉았다. 열두세 살쯤 되어 보이는데, 복사꽃 같은 얼굴에 볼이 희며 눈매가 깔끔하고 수려해 정말이지 한 쌍의 옥동자 같았다.

"내 이 젊은이를 사위로 삼고자 하느니라. 낭군이 여기 계시니 마땅히 좋은 날을 정해 혼례를 치러야 할 것이야. 그러니 너희들은 길일을 택해 나에게 고하거라."

두 아이는 곧장 손가락을 꼽아 가며 날을 계산하더니,

"내일모레가 제일 길하옵니다."

라고 아뢰었다.

"길일이 정해졌으니, 자네는 우선 빈관에 머물며 기다리도록 하게."

노인은 다시 아무개를 불러오라고 했다. 잠시 뒤, 밖에서 어떤 선관이 잰걸음으로 들어와 분부를 받들었다. 선관은 가벼운 도포를 입고 허리띠를 느슨하게 둘렀는데, 생김새가 말끔하고 키가 큰 장부였다. 노인은 선관에게 바로 영을 내렸다.

"너는 이분을 모시고 나가 바깥에서 며칠 동안 접대하고 있다가, 길일에 맞춰 모셔 오도록 해라."

선관은 명에 따라 유생을 데리고 나갔다. 유생은 노인에게 절을 올

● **옥장**(玉漿) 옥로(玉露)라고도 하며, 맑고 깨끗한 이슬을 말한다.
● **빈관**(賓館) 손님을 접대하는 관사.

리고 물러났다. 궁문을 나가자 붉은 칠을 한 가마가 밖에서 대기하고 있었다. 선관은 유생을 팔인교에 태워 길을 떠났다. 몇 리를 가서야 모처에 도착할 수 있었다. 전각 하나가 시내를 향해 서 있었는데, 주위가 한 점 티끌도 묻어 있지 않은 깨끗한 곳이었다. 화사하고 깨끗한 꽃과 대나무, 영롱하기 그지없는 누대와 정자가 자리하고 있었다. 선관은 유생을 그곳에 머물도록 하고, 옥으로 만들어진 상자에서 옷 한 벌을 꺼내어 목욕 후에 갈아입으라고 했다. 유생은 그제야 비에 젖어 축축하고 남루해진 옷을 벗을 수 있었다. 새로 갈아입은 옷은 진기하고 곱기가 이루 형언할 수 없었다. 방 안 자리의 화려함과 음식의 좋은 맛도 표현하기 어렵기는 마찬가지였다.

선관은 유생과 함께 이틀을 묵었다. 길일이 되자 다시 옷이 들어 있는 옥 상자를 내왔고, 유생은 씻은 후에 옷을 갈아입었다. 그 옷은 앞서 입었던 것보다 훨씬 더 화려하고 고왔다. 선관은 다시 유생을 가마에 태우고 노인의 궁전으로 향했다. 가는 행렬에는 선관 수십 명이 앞뒤를 호위했다. 궁문 앞에 다다르자 가마를 따르던 한 선관이 유생을 인도해 전각에 오르게 하고는, 서 있을 자리까지 마련해 주었다. 유생이 기럭아비로부터 기러기를 받아 들고 절을 하고 들어가는데, 먼발치에서 찰랑찰랑 패옥 소리가 나고 향기로운 바람이 잠시 불었다. 안으로 들어가니 아름다운 여인 수십 명이 좌우로 늘어섰는데, 화사한 얼굴과 화려한 복장은 정말로 아름다웠다.

유생은 이들 가운데 필시 노인의 딸이 있겠거니 생각했다. 그런데 잠시 뒤, 젊은 여인 하나가 안에서 나오는데, 몸에 차고 있던 비췻빛

구슬이 얼마나 영롱한지 온 전각을 환히 비추는 듯했다. 여인이 앞으로 다가와 유생과 마주 서며 얼굴을 가리고 있던 옥 부채를 밑으로 내리는데, 수려한 용모와 어여쁜 자태가 사람의 정신을 빼앗을 정도였다. 좌우에 줄지어 있던 여인들은 그 여인에 비하면, 봉황 옆의 참새도 못 되는 격이었다. 유생은 그 빛에 머리가 아찔하고 눈이 부셔 감히 쳐다보지 못한 채 얼떨떨할 따름이었다.

수모가 유생을 이끌고 와 예식을 거들었는데, 맞절과 합근례 등의 절차는 인간 세상과 똑같았다. 예식이 끝나자 유생은 신방으로 인도되었다. 방 안에는 화려하게 수놓은 가리개와 금병풍, 비단 이불, 옥자리 등속이 놓여 있었다. 이 모두 인간 세상의 물건이 아니었다.

혼례를 치른 다음 날, 장모 되는 사람이 유생을 맞이해 주었다. 장모의 나이는 서른 여남은 살쯤, 마치 깨끗한 부용 꽃이 물속에서 금방 나온 듯한 자태였다. 이어서 노인이 유생을 위한 잔치를 열었는데, 안팎으로 손님들이 구름처럼 모여들었다. 화려한 잔과 그릇, 성대한 음악은 여태껏 구경도 못한 것들이었다. 술이 반 순배 돌자 고운 여인

* **팔인교**(八人轎) 여덟 사람이 메는 가마.
* **기럭아비** 전통 혼례에서 신랑이 기러기를 가지고 신부 집에 가서 상 위에 놓고 절하는 전안(奠雁) 의식을 할 때 기러기를 들고 신랑 앞에 서서 가는 사람.
* **패옥**(佩玉) 조선 시대에 왕과 왕비의 옷이나 문관과 무관 제복의 양옆에 늘여 차던 옥.
* **수모**(首母) 혼례 때 신부를 도와 예식을 거들어 주는 여자.
* **합근례**(合巹禮) 신랑과 신부가 맞절을 하고 나서 술잔을 들어 마시는 절차. 전통 혼례에서 가장 중요한 의식이다.
* **순배**(巡杯) 술잔을 차례로 돌리는 일 또는 그 술잔.

한 무리가 쪼르르 나오더니, 스르르 치마 끝을 바닥에 끌며 나풀나풀 너른 소맷자락을 날리면서 춤을 추었다. 이어서 서로 노래를 주고받는데, 지나가는 구름도 멈출 만큼 아름다운 소리였다. 그 노래는 바로 당 현종이 지었다는 〈예상우의곡〉이었다. 성대한 연회는 날이 저물어 모두 취한 뒤에야 끝이 났다.

쑥대로 만든 문에 돌쩌귀만 세우고 살 정도로 보잘것없고 세상 경험이 없었는데, 이렇게 뜻하지 않게 노인을 만나고 성대한 예식에 음식까지……. 유생은 임금이라도 된 것처럼 황홀했다. 의구심과 두려운 마음이 들지 않은 게 아니었지만, 술에 취한 듯 몽롱해 아득할 뿐이었다. 처음 얼마 동안은 밤마다 신부가 들어오면, 놀라고 두려워 감히 가까이하지도 못했다. 그래서 입은 옷 그대로 손등에 이마를 대고 엎드린 채 잠들곤 했다. 열흘 남짓을 이렇게 보내면서 차츰 두려운 마음이 조금씩 가시니 이윽고 부부의 도리를 할 수 있게 되었다.

그 후 이들은 서로 장난도 치고 놀면서 한껏 즐거움에 빠져 한시도 떨어지지 않았다. 그러던 어느 날, 아내가 유생에게 물었다.

"당신은 제 아버님이 계시는 곳이 보고 싶지 않으세요?"

"왜 궁금하지 않겠소? 한번 보고 싶구려."

말이 끝나기가 무섭게 아내는 유생의 손을 잡고 후원으로 향했다. 붉고 푸른 절벽이 보이는데, 그 사이로 맑은 샘물이 흰 물보라를 일으키며 떨어지고 있었다. 들어가면 갈수록 경치는 더욱 빼어났고, 가는 곳마다 기이하고 절묘했다. 아름다운 꽃과 진기한 풀이 여기저기서 빛을 가리고 진기한 새와 짐승이 끊이지 않고 드나들었다. 다시 아내는 유생을 안내해 후원 뒤쪽의 한 봉우리로 올라갔다. 봉우리는 그리 높지도 험하지도 않았으나, 꼭대기까지 꼬불꼬불 돌아서 올라야 했다. 꼭대기에는 저절로 만들어진 듯한 두세 층의 높은 단이 있었다. 단 위로 오르자 그 너머로 끝없이 이어진 넓은 바다가 펼쳐져 있었다. 바다엔 섬 세 개가 파도 위로 보일 듯 말 듯 하고 십주가 눈앞에 줄지어 있었다. 아내는 유생을 위해 손으로 하나하나 가리키며 설명해 주었다.

“저곳이 바로 봉래, 저기는 방장, 저쪽은 영주랍니다.”

그리고 나머지 현포, 창주 등지의 선경이 저마다 그 모습을 뽐내고 있었다. 금빛 궁궐과 은빛 누대가 하늘 가운데 아스라하게 솟아 있었고, 상서로운 구름과 안개는 하늘 밖에서 따스하게 피어올랐다. 그 사이사이에는 봉황을 탄 자, 난새를 탄 자, 학을 붙잡고 탄 자, 용을 탄 자, 기린을 모는 자 들이 내달리고, 구름에 앉아서 뛰어오르는 자, 바람을 몰아 나는 자, 허공을 걷는 자, 파도 위를 걷는 자 들이 출몰했다. 그 가운데 생황이며 통소의 흥겨운 소리도 은은하게 들려왔다. 이런 광경은 상상조차 못해 본 것이었다. 아직 다 구경을 하지 못했으나

- 〈**예상우의곡**(霓裳羽衣曲)〉　중국 당나라 때 미인 양귀비(楊貴妃)와의 사랑으로 유명한 현종이 꿈속에서 선녀들이 춤추는 것을 보고 지었다는 악곡.
- **십주**(十洲)　옛날 신선 세계라고 일컫던 열 곳. 봉래(蓬萊), 방장(方丈), 영주(瀛洲)는 흔히 삼신산(三神山)이라 하여 바다 안에 있다는 대표적인 신선산이다. 현포(玄圃), 창주(滄州) 등도 신선이 거처한다는 상상의 공간이다.
- **난새**　중국 전설에 나오는 상상의 새. 모양은 닭과 비슷하나 붉은 깃에 다섯 가지 색이 섞여 있으며, 그 소리가 오음(五音)인 궁상각치우와 비슷하다고 한다.
- **기린**(麒麟)　인간 세상에 나타나면 상서로운 일이 생긴다는 전설 속의 동물. 지금 우리가 기린이라고 부르는 것과는 다른, 상상 속의 동물이다.

날이 저무는 바람에 유생은 돌아올 수밖에 없었다.

유생이 그곳에 머무른 지도 어느덧 반년이 흘러갔다. 하루는 노인이 이런 말을 꺼냈다.

"혼례를 치른 지가 꽤 되지 않았는가? 그런데 아직껏 태기가 없으니, 아마도 자네가 속세의 태를 벗지 못해서 그런가 보네."

그러더니 옥으로 만든 호로병 하나를 내오게 해 거기서 알약 두세 알을 꺼내 건네주었다.

"이 약을 먹으면 환골탈태할 수 있을 걸세."

144

유생은 그 약을 당장 먹었다. 그랬더니 신기하게도 몸이 날렵하고 건강해졌으며 마음은 더욱 맑아졌다. 아내는 과연 임신을 했고 마침내 연달아 사내아이 둘을 낳았다.

이제 이곳 선계에 눌러앉은 지 삼 년이 다 되었다. 어느 날 아내와 함께 한가롭게 앉아 있던 유생은 갑자기 눈물을 줄줄 흘렸다. 아내가 이상하게 여겨 그 이유를 묻자,

"시골 출신의 미천한 내가 이렇게 신선의 사위가 되었으니, 즐겁고 기쁘기야 한량이 있겠소? 다만 시골집에 계신 노모를 못 뵌 지 어느덧 삼 년이 되니, 뵙고픈 마음이 사무쳐 절로 눈물이 나는구려."
라고 대답했다.

"참, 당신도! 어머님이 그리워 그러시는군요. 당장 가 뵈면 되지 어찌 우십니까?"

아내는 웃으며 남편을 위로한 뒤, 아버지에게 청했다.

"낭군께서 어머님을 뵙고자 하나이다."

노인은 딸의 청을 듣고 유생을 불러다 어머님을 찾아뵈라 허락했다. 유생은 자신이 타고 가는 수레와 말을 비롯해 따르는 수많은 시종을 보면 마을 사람들이 필시 크게 놀랄 것이라 혼자서 생각하며 우쭐해졌다. 그러나 잠시 후 아내가 유생에게 내준 건 보자기에 싼 옷 말고는 아무것도 없었다. 떠날 채비를 끝내고 유생이 노인과 장모에게 작별 인사를 올리는데, 노인이 말했다.

"자네는 돌아가 어머니를 뵙도록 하게. 오래지 않아 내 자네를 다시 부를 테니 그렇게 알고."

유생이 문밖으로 나오니, 다 해진 안장을 걸친 비쩍 마른 망아지 한 필과 그 재갈을 잡은 종놈 하나가 기다리고 있었다. 자세히 보니 자신이 처음 길을 떠날 때 길에서 죽었던 바로 그 종과 망아지가 아닌가! 유생은 너무 놀라 말을 제대로 잇지 못했다.

"아니, 네가 어떻게 여기에……? 어찌 된 일이냐?"

"예, 서방님을 모시고 가던 도중에 갑자기 어떤 사람이 저를 여기로 끌고 왔습죠. 저도 어찌 된 영문인지는 통 모르겠습니다요. 여기 온 후로는 한가하고 편하게 지내고 있습죠. 벌써 삼 년이 되었고요."

유생은 놀랍고 의아한 마음을 주체할 수 없었다. 그래서 주섬주섬

옷 보자기를 안장에 걸치고 망아지 등에 올라 길을 떠났다. 유생이 처음 이곳에 올 때는, 아름다운 경치 수십 리를 지나서야 비로소 노인의 궁전에 다다를 수 있었다. 그런데 지금 돌아가는 길은, 문을 나선 지 불과 수십 걸음밖에 안 되었는데도 산수의 경치는 온데간데없었다. 그저 자욱한 안개와 거친 들풀만이 끝없이 펼쳐져 있을 뿐이었다. 뒤를 돌아보니 전에 보았던 풍경은 완전히 꿈속의 일이 되어 버린 듯했다. 마음이 서글퍼진 유생은 자신도 모르게 눈물을 흘리며 슬피 울었다. 보다 못한 종이 말했다.

"진정하십시오. 서방님께서는 삼 년 동안 신선 세계에 계셨는데도

아직껏 맑고 깨끗한 마음을 못 찾으셨단 말입니까? 인간의 칠정을 잊어야 하는데, 그 슬픔이 어디에서 생겼단 말입니까?"

"아! 미안하구나."

유생은 눈물을 닦으며 부끄러워했다. 길을 나서 채 일 리도 못 갔는데, 이미 신선 세계의 큰길과는 멀어진 상태였다. 종은 그곳에서 멈추더니 인사를 올리고 되돌아갔다.

"서방님께서는 이제 길을 아시겠기에 소인은 여기서 그만 인사를 드릴까 합니다. 그럼, 안녕히 가십시오."

유생이 집으로 돌아가 보니 막 무당을 불러다 굿판을 벌이고 있는 중이어서 북소리가 요란했다. 그러는 중에 유생이 집으로 들어서자 집 안사람들은 놀라 나자빠졌다. 모두들 처음에는 귀신인 줄 알았다가 한참 뒤에야 산 사람임을 깨달았다. 유생은 어머니가 평소 엄하신 성품이라 사실대로 말씀드렸다간 근거 없이 거짓말한다고 믿지 않을까 봐, 그동안 집에 돌아오지 못한 이유를 얼렁뚱땅 둘러댔다. 집에서는 필시 유생이 죽었으리라 짐작하고, 일찌감치 초혼해 가묘까지 쓰고 이미 삼년상을 치른 상태였다. 그리고 이날은 마침 무당을 불러다 제를 올리는 중이었던 것이다.

유생이 집에 돌아온 뒤 가지고 온 옷 보자기를 풀어 보니, 사시사철에 맞는 옷이 한 벌씩 들어 있었다. 일 년이 지난 뒤 어머니는 유생이 홀아비로 사는 신세가 안쓰러워 어느 시골 선비의 딸을 데리고 왔다. 유생은 평소 유약한 성격인 데다가, 엄한 어머니의 분부를 어길 수 없어 그 여자를 아내로 맞아들였다. 그러나 금실의 즐거움은 없었고 결국은 사이가 나빠졌다.

한편, 유생에게는 형제간의 우애보다 더 끈끈한 정을 나눈 죽마고우가 있었다. 유생이 집에 돌아온 후, 종종 그 친구와 한방에서 묵으며 긴 밤 내내 이야기를 나누곤 했다. 한참 이야기를 나누던 중에 친구는 삼 년 동안 집에 돌아오지 않은 이유를 캐물었다. 그제야 유생은 신선 세계에서 부인을 얻었던 일을 고백하며 그 전말을 이야기해 주었다. 친구는 몹시 놀라며 유생을 꼼꼼하게 살펴보기 시작했다. 그러나 아무리 훑어봐도 예전과는 별반 차이가 없는 것 같았다. 다만 옷이 무명도 비단도 아니고 솜도 아닌 데다, 그렇다고 물을 들였거나 수를 놓은 것도 아닌데, 이상하리만큼 가볍고 포근하며 고와 보였다. 그리고 봄엔 봄옷 한 벌, 여름엔 여름옷 한 벌에, 가을과 겨울에도 한 벌씩으로만 지내면서도 한 번도 빨지 않는 듯했다. 그래도 때가 묻거나 올 하나 터지거나 빠지는 일 없이 항상 새 옷 같았다. 친구는 그 점이 더욱 신기했다.

그리고 다시 이 년이 흘렀다. 유생은 기회를 보아 어머니께 신선 세계에 다녀온 사실을 말씀드렸고, 어머니 또한 몹시 신기해 했다.

유생이 집에 돌아온 지 삼 년이 지난 어느 날에는 노인이 보낸 심부

● **칠정**(七情) 인간이 느끼는 일곱 가지 감정. 즉 기쁨〔喜〕, 노여움〔怒〕, 슬픔〔哀〕, 즐거움〔樂〕, 사랑〔愛〕, 미움〔惡〕, 욕심〔慾〕.

● **초혼**(招魂) 사람이 죽은 뒤 그 혼을 부르는 의식.

● **가묘**(假墓) 본묘를 쓰기 전에 임시로 만든 무덤.

● **삼년상**(三年喪) 사람이 죽으면 삼 년 동안 무덤을 지키던 옛 상례.

름꾼이 유생의 두 아이를 데리고 유생의 집을 찾아와 노인과 아내의
편지를 전해 주는 것이었다. 편지의 내용은 대략 이러했다.

> 내년에 인간 세상에 큰 난리가 일어나서, 조만간 네가 사는 지역의 사람
> 들이 죽음을 면치 못하겠기에 심부름꾼을 보내니, 집안 식구들을 모두
> 데리고 심부름꾼을 따라 들어오너라.

유생은 친구에게 편지의 내용을 알려 주고 두 아이까지 데리고 나
와 보여 주었다. 아이들의 생김새는 말끔하고 시원한 것이 맑은 구슬
과 아름다운 나무 같았다. 유생이 어머니에게 이 사실을 아뢰고 함께
가자고 청하자, 어머니는 흔쾌히 받아들였다. 유생은 집과 밭을 모두
팔고는 친척과 이웃 사람들을 한자리에 불러다 하루 종일 잔치를 베
풀고 이별을 했다.

온 식구가 출발한 때는 을해년이었다. 이후로 유생에 대한 소식은
뚝 끊겨 전혀 들을 수 없었다. 이듬해 병자대란이 일어나 유생이 살던
마을은 쑥대밭이 되어 사람들 대부분이 죽임을 당했다.

• **병자대란**(丙子大亂) 병자호란(丙子胡亂). 병자년(1636)에 청나라가 침입해 일어난 난리. 인조 임금이 삼전
도에서 청나라에 항복했던 굴욕적인 전쟁이었다.

이야기 … 셋

영랑호에서 만난 옛 친구

광해군 때 서울 남대문 밖 고을 청파리에 한 유생이 살았다. 유생은 글을 좋아했으며 의리도 있고 기상이 높아 선비 중의 선비라 할 만했다. 그러나 운수가 사납고 복이 없는 탓인지 몇 차례의 과거에 모두 낙방하고 말았다.

계축옥사가 일어나자 세상은 어수선해졌다. 법도와 기강마저 흔들리자, 유생은 더는 속세에서 살 수 없겠단 생각에 숨어 살 작정을 했다. 그러던 어느 날, 한 친구가 기척도 없이 조용히 유생의 집에 찾아들었다. 친구는 평소 뜻을 같이하는 절친한 사이였다. 둘은 혼란에 빠진 정국과 세상사를 논하다가 바닥을 치며 목소리를 높이기도 했다. 그러다 감정에 북받쳐 눈물까지 흘리게 되었다.

"흑흑! 이렇듯 세상 법도가 무너졌으니 어찌 선비 된 자로서 이 세

상을 살 수 있겠나? 나는 이제 숨어 살 생각이네. 자네는 어떤가?"

"그거야 내가 진정 바라는 것일세. 자네 이야기를 들으니 나도 함께 숨어 버리고 싶네. 하지만 부모님이 계시니……. 지금 당장은 장담을 못하겠네."

"……."

그날 두 사람의 대화는 거기까지였다.

한 달쯤 지나, 친구가 다시 유생의 집을 찾았을 땐 주인이 바뀌어 있었다. 주변 이웃에 수소문해 유생의 행방을 물었지만 처자식을 데리고 떠나면서 행선지는 전혀 남기지 않았다는 이야기가 전부였다. 친구는 저도 모르게 탄식했다.

"아! 기어코……?"

친구는 유생이 그렇게 서둘러 떠난 것에 당황하며, 어디로 갔는지 알 수 없음을 못내 아쉬워했다.

십여 년의 세월이 흘렀다. 계해반정이 일어나 세상이 다시 뒤바뀌게 되었다. 친구는 임금의 총애를 입어 지방과 중앙의 요직을 두루 거치면서 명성이 자자해졌다. 친구는 갑술년에 강원도 관찰사에 임명되어 그곳으로 가 관직을 수행하고 있었다. 그해 삼월에 간성 지역을 순시하던 중에 쉴 요량으로 영랑호에 배를 정박했다. 영랑호는 관동팔경의 하나로 청간정 남쪽에 있는, 관동에서 가장 빼어난 호수였다. 마침 비가 내려 호숫가는 말끔했고 일렁이는 푸른 물결에선 맑은 바람이 이는 듯했다. 자욱한 안개 너머로 멀리 푸른 산이 보일 듯 말 듯 했고, 호숫가에는 활짝 핀 해당화가 바람에 한들거리며

- **청파리**(靑坡里) 현재 서울시 용산구 청파동 일대.
- **계축옥사**(癸丑獄事) 계축년(1613)에 일어난 옥사 사건. 광해군의 동생이었던 영창 대군을 왕으로 추대하려는 세력이 있다는 거짓 자백 때문에 영창 대군과 그 주변 인물들이 모조리 처형되었다.
- **계해반정**(癸亥反正) 인조반정이라고 하며, 광해군을 몰아내고 인조가 임금의 자리에 오른 사건.
- **영랑호**(永郎湖) 강원도 속초시에 있는 자연 호수로, 신라의 화랑 영랑(永郎)이 처음 발견했다고 해서 붙여진 이름이며, 예로부터 신선과 관련된 이야기가 전해진다.
- **청간정**(淸澗亭) 현재 강원도 고성군에 있는 정자로, 관동팔경 중의 하나이다.

가벼운 춤을 추는 듯했다.

조용한 풍경을 잠시 동안 즐기고 있는 사이, 호수 가운데에서 웬 나룻배가 미끄러지듯이 다가왔으나 자욱한 구름과 안개 탓에 제대로 보이지 않았다. 배가 가까이 이르자 관찰사는 휘둥그레 커진 눈을 비비며 말을 하지 못했다. 그토록 그리워하던 옛 친구, 바로 그 유생이 서 있지 않은가! 관찰사는 유생의 이름을 부르며 나룻배로 옮겨 탔다. 둘은 손을 꼭 잡고 마치 다른 세상 사람을 만나기라도 한 듯 어찌할 줄을 몰랐다.

"자네, 어찌 된 일인가? 말도 없이 그렇게 갈 줄이야! 그동안 어디서 어떻게 지냈나?"

관찰사는 이것저것 유생에게 바삐 물었다. 유생은 그간의 자초지종을 전했다.

"내 거처는 양양부 동남쪽으로 예서 육십 리쯤 떨어진 곳에 있다네. 회룡굴이라고 부르지. 워낙 외져 사람들이 다녀간 적 없고 세상에도 알려지지 않은 곳이지. 마침 날도 좋고 때도 좋아 흥이 절로 나기에 이리로 나룻배를 띄운 것일세. 반갑네, 친구!"

이어서 예전에 함께했던 시절과 이별한 때의 일들로 정겨운 대화가 이어졌다. 그러는 사이 비가 그치고 바람이 일어, 배는 쏜살같이 달리며 금방 몇 개의 산을 지나쳤다.

유생이 관찰사 친구에게 이런 제안을 했다.

"내 거처가 예서 수십 리 길이라 꽤 멀긴 하지만, 배를 타면 반나절에 갔다 올 수 있다네. 전에도 내게 그러지 않았던가? '친구는 서로 멀리하지 않는다.'라고. 같이 가 준다면 더없는 영광이겠네."

관찰사는 유생의 이런 제안에 흔쾌히 동의했다. 함께 노를 저으며 갔는데 늦은 오후에야 도착할 수 있었다. 배에서 내려 종이 멘 가마를 타고 가는데 말을 탄 시종들이 뒤따랐다. 숲길을 따라 어렵사리 몇 리쯤 가자 푸른 절벽이 나타났다. 깎아지른 모습이 기괴하고 높이가 수십 길은 되어 보였다. 절벽 중간이 좌우로 갈라져 나뉘어 있었는데, 갈라진 틈새로 물이 콸콸 쏟아지며 물거품이 크게 일었다. 절벽 입구에 문이 있었고, 그 문 위에는 '회룡굴'이라 쓰여 있었다.

앞으로는 굽어 돌아드는 돌길이 보였고 오른쪽으로는 우뚝 높은 봉우리가 솟았는데, 나는 새도 넘을 수 없을 것만 같았다. 절벽 틈새에 발을 디디고 칡넝쿨을 붙잡아 매달리듯 기어올랐다. 어깨를 움츠리고 겨우 몸을 빼내니 동굴 안이었다. 그곳이 바로 유생이 산다는 곳이었다.

그런데 동굴 안은 의외로 넓고 평탄했다. 백여 호가 넘는 집들이 즐비하게 늘어서 있고, 밭과 땅이 기름진 데다 물가에서는 고기를 잡고 산에서는 나물을 캘 수도 있었다. 산뽕나무, 배나무, 밤나무 등도 많아 마치 옛날 도원이나 귤주를 연상시켰다.

유생은 관찰사를 대청마루로 이끌며 아이를 불러 일렀다.

"쟁반에 과일을 담아 오너라!"

얼마 지나지 않아 아이가 담아 온 과일을 먹어 보니, 담박하면서도

● **도원(桃園)이나 귤주(橘州)** 모두 중국의 지명으로 신선 세계로 알려져 있다.

단 것이 확실히 평소에 먹던 과일의 맛과는 달랐다.

아름다운 숲이 해를 가린 바위에서 낚시도 하고, 옷자락을 날리며 연못을 산보하노라니 물고기와 새는 자연스럽게 친구가 되었다. 구름과 연기까지도 마음을 즐겁게 했으며, 숲과 봉우리, 물과 바위마다 정겹고 기이해 아침저녁으로 온갖 장관을 연출했다. 관찰사는 그곳 생활에 푹 빠져 돌아갈 생각을 잊은 채 며칠을 더 묵었다.

그러나 관찰사의 임무가 있는지라 하는 수 없이 그곳을 떠나야만 했다. 헤어지면서 관찰사는 유생에게 이런 농담을 던졌다.

"은자라면 당연히 산수가 좋은 데에 거처해야겠지. 한데 자네는 산속에서 어떻게 이렇듯 호화스러운 생활을 하고 부유한 집에서 산단 말인가?"

"아, 그래 보이는가? 하지만 내가 사는 곳은 이곳만이 아니라네. 세

상과 등진 뒤로 유람을 즐겨 하루도 쉬지 않았지. 서쪽으론 속리산, 북쪽으론 묘향산, 그리고 가야산, 두륜산 등을 가리지 않고 올라 그곳의 장관을 모두 구경했지. 아마 빼어나다는 산천은 거의 반 이상 가 보았을 게야. 발길 닿는 곳이 마음에 들면 그 자리에 띳집을 짓고 살면서 땅을 개간해 밭을 일구었지. 한곳에서 이 년 아니면 삼 년을 살다가 재미가 없어지면 미련 없이 다른 곳으로 옮겼다네. 그러니 내 거처 중에 이곳보다 몇 배 크고 아름다운 곳도 많지. 그러나 세상에 이를 알고 있는 사람은 아무도 없다네."

관찰사는 유생의 말에 감탄을 금치 못하며 이런 부탁을 했다.

"대단허이, 대단해! 자네, 나중에 서울 올라올 기회가 있거든 꼭 나를 찾아 주게나."

삼 년 후, 유생이 정말 서울로 올라와 관찰사를 찾았다. 그때 친구는 이조판서로 승진해 있었다. 친구는 유생에게 벼슬자리를 주려고 했으나 유생은 수치스럽다며 끝내 거절하고 도망치듯 사라져 버렸다. 친구는 훗날 다시 회룡굴로 찾아가 보았으나, 그곳은 이미 텅 비어 있었고 유생의 종적도 묘연했다.

유생은 성이 설씨인데, 이름은 알려지지 않았다. 그리고 관찰사 친구 또한 성명을 알 수 없고, 다만 인조 때 높은 벼슬을 지낸 것으로만 알려져 있다.

● 은자(隱者) 산야에 묻혀 숨어 사는 사람. 또는 벼슬을 하지 않고 숨어 사는 사람.

이야기 …

넷

둔갑술로 세상을 우롱한 전우치

중종 시절, 전우치란 자가 있었다. 전우치는 글도 잘 짓고 재주도 많았으나, 번번이 과거에 낙방을 하자 세상에 불만을 품게 되었다. 그래서 삼각산으로 들어가 산사에서 책을 읽으며 지냈다. 그러던 어느 날, 한밤중에 웬 낯선 젊은이가 전우치를 찾아왔다. 눈썹이 그린 것 같고 거동이 얌전한 젊은이였다.

"산방에서 독서하느라 늦은 밤에도 잠을 자지 않고 있군요. 힘들지는 않은가요?"

"내가 좋아서 하는데 뭐 힘들 게 있겠소? 그나저나 누구신데 이 야심한 시각에 산속에 불쑥 찾아들었소?"

"저도 이 산속에서 글을 읽으며 지내지요. 당신이 하도 열심이시기에 이렇게 감히 찾아왔지요."

전우치는 책상 위의 《주역》을 가리키며 물었다.

“그대는 역을 아시오?”

“대강 알지요.”

“그럼 한번 가르쳐 주구려.”

전우치는 《주역》을 펴서 의문 나는 대목을 물어보았다. 그랬더니 환하게 꿰뚫고 있는 게 아닌가! 전우치는 순간 이상한 느낌이 들었다.

‘이 깊은 산중에 별다른 이유 없이 찾아온 것도, 아직 어린 나이에 주역의 이치를 꿰뚫고 있는 것도 왠지 수상한 생각이 드는걸……. 이는 필시 산도깨비나 나무 정령이 아니면, 여우나 이리가 사람으로 둔갑한 것일 게다.’

이런 의심이 든 전우치는 젊은이를 속여 보기로 했다.

“오늘 밤은 이미 깊었으니, 내일 일찍 와서 다시 이야기를 나누세.”

그러자 젊은이는 고개를 끄덕이며 나갔다. 전우치는 절의 중들에게 미리 굵은 새끼줄을 준비해 두라고 일렀다. 다음 날 밤 약속대로 젊은이가 다시 왔다.

“그대는 왜 낮에는 오지 않고, 밤에만 오는가?”

“낮에 오려고 해도 할 일이 있어서……. 그, 그래서 밤에 오는 것이지요.”

조용히 대화를 나누던 중 전우치는,

“그대가 무척 마음에 드는군. 손을 한번 잡아 볼 수 있겠소?”
라고 하면서, 젊은이의 손을 잡자마자 중들을 불렀다. 중들이 재빨리 새끼줄을 가지고 들어와 순식간에 젊은이를 묶어 버렸다.

"같은 선비로서 어찌 이리 대한단 말이오?"

젊은이는 계속 애걸했지만, 전우치는 들어주지 않고 들보에 매달아 버렸다.

"네가 사람 형체는 하고 있으나 필시 여우나 이리일 게다. 내일 낮이 되면 분명히 본 모습을 드러내겠지. 내 그때 너를 칼로 결딴을 내 주마."

"내겐 요술을 부릴 수 있는 책이 세 권이나 있소. 당신이 나를 풀어 주면 그것을 다 드리겠소이다."

"그래? 그렇다면 책이 있는 곳을 말해 보거라. 내가 직접 가서 확

인해 보아야겠다. 그런 책이 있으면 너를 풀어 줄 테고, 거짓말이면 죽일 수밖에!"

그러자 젊은이는 절에서 멀지 않은 곳 바위 구멍에 보관해 두었다고 자세히 알려 주었다.

전우치는 건장한 중 서넛에게 큰 몽둥이를 쥐어 주며 밤새 그자를 지키게 하고, 다음 날 새벽에 일러 준 곳을 직접 찾아가 보았다. 절 뒤편 멀지 않은 곳에 바위 구멍이 있었고, 그 안에 비단 보자기로 싸인 것이 보였다. 열어 보니 천, 지, 인 세 권의 책이 있었다.

'천' 책에는 비바람을 부르고 구름을 타며 하늘에 오르는 법과 영원히 늙지 않는 방도가, '지' 책에는 산을 오르고 바다를 건너는 축지법과 호랑이나 표범을 길들이는 법이, '인' 책에는 천명, 지리와 의약, 점술은 물론 형체를 숨기고 화를 피하는 술법이 적혀 있었다. 전우치는 잠깐 훑어보고도 뿌듯했다. 책을 가지고 산사로 돌아오자, 들보에 매달린 젊은이가 살려 달라고 애걸했다.

"풀어 준 뒤, 혹여 훼방을 놓았다가는 정말 죽여 버릴 테다!"

"절대로 그런 일은 없을 겁니다."

"그래, 정말이지?"

확답을 받고 막 풀어 준 순간 젊은이는 두꺼비로 변해 달아나 버렸다. 전우치는 '인' 책을 가져다가 붉은 먹으로 점을 찍어 가며 읽어 내려갔다. 다음 날 그 책을 거의 다 읽어 갈 즈음 집안의 사내종이 와서 전갈하기를, 마님이 갑자기 병이 나 거의 죽을 지경이라고 했다. 그래도 전우치는 들은 척 만 척 꿈쩍도 안 했다. 사내종은 울먹이다 그냥 돌아갔다. 조금 뒤 그 종은 다른 사내종과 함께 다시 찾아왔다.

"마님이 갑자기 돌아가시고 대부인 마님마저 슬퍼하시다가 병을 얻었사옵니다. 병세가 심상치 않으니 빨리 가시옵소서, 나리!"

전우치는 분명 누군가 환술을 부리는 것이라 확신해 귀담아 듣지 않고 책을 독파하는 데 열중할 뿐이었다. 얼마 후, 이번에는 계집종이 땀을 흘리며 찾아와 통곡을 하면서 모친의 부음을 전했다. 전우치는 이것도 거짓임을 직감했으나, 모친의 사망 소식에는 움찔하지 않을 수 없었다.

황급히 절을 나서 집에 도착해 보니 모두 무사하고 아무 일도 없었다. 어떻게 된 것이냐고 물었더니, 다들 모른다고 했다. 전우치는 화를 참지 못하고 말에 올라 서둘러 산사로 돌아갔다.

그런데 그곳을 지키던 한 중이,

"사내종과 계집종이 보자기에 들어 있던 책 세 권 중 한 권만 놔두고 두 권은 가져가 버렸습니다."

라고 전해 주는 것이었다. 남은 책을 펼쳐 보니, 그것은 '인' 책이었다. 요물들이 붉은색을 싫어하는지라 붉은 점을 찍었던 '인' 책은 그냥 두고 갔던 것이다. 몹시 아쉬웠으나, 그나마 한 권이라도 남은 게 다행이라면 다행이었다. 전우치는 그 책을 밤낮으로 익혀 마침내 이치를 터

● 천(天), 지(地), 인(人) 옛날에 책 수를 표기할 때 많이 쓰던 방법이다. 두 권일 때는 건(乾), 곤(坤)으로, 세 권일 때는 천, 지, 인으로 구분했다.
● 환술(幻術) 남을 속이는 술법으로, 칼을 삼키고 불을 토하는 따위의 지금 마술을 가리킨다.

득하고 온갖 둔갑술을 부릴 수 있게 되었다.

둔갑술을 익힌 후로, 전우치는 양반집이든 궁궐이든 가리지 않고 제멋대로 넘나들며 온갖 나쁜 짓을 저지르고 다녔다. 그러는 동안 전우치는 아무에게도 제압당하지 않았으나, 무언가에 아쉬움이 있는 듯 남몰래 이런 탄식을 했다.

'이 세상에 내가 두려워할 만한 자는 없지. 하지만 서화담과 윤군평 두 사람만은 꺼려지는군. 그 두 사람만 제압할 수 있다면 온 나라를 멋대로 돌아다니며 내 맘대로 할 텐데 말이야. 아쉽군, 아쉬워!'

어느 날, 전우치는 서울 윤군평의 집으로 찾아갔다. 마침 윤군평은 혼자 작은 정자에 앉아 있었다. 전우치는 앞으로 가서 인사를 드리고 문안을 여쭈었다.

"영감께서 환술을 부릴 줄 안다는 얘길 듣고, 한번 구경하고자 왔나이다."

"난 그런 것 모른다네."

그래도 전우치는 능력을 겨뤄 보고 싶었다.

"소생이 작은 재주를 하나 보여 드리지요."

그러더니 소매 속에서 붉은 부적을 꺼내 몇 마디 주문을 외고 던졌다. 그러자 부적은 공작새로 변해 날아갔다. 뒤이어 큰 구렁이가 소나무 숲에서 구불구불 기어 나오더니, 혀를 날름거리며 윤군평에게로 다가갔다. 무릎 근처까지 다가오자, 윤군평은 책상 위에 있던 붉은 부적을 들어 던졌다. 그랬더니 구렁이는 방향을 돌려 전우치 앞으로 기어갔고, 전우치는 순간 엎어져 기절하고 말았다.

전우치는 잠시 후 깨어났으나 구렁이는 온데간데없었다. 속으로 ‘대단하구나.’ 하는 생각이 들었지만, 더 겨뤄 보고 싶었다. 그래서 다시 붉은 부적을 꺼내 전처럼 주문을 외고 던지자, 이번에는 호랑이가 소나무 숲에서 성큼성큼 걸어 나와 눈을 부릅뜨고 아가리를 쫙 벌린 채 윤군평에게 다가갔다. 금방이라도 물어뜯을 기세였다. 이때 윤군평이 다시 책상 위의 붉은 부적을 앞으로 던지자, 호랑이는 방향을 틀어 전우치 쪽으로 향했다. 전우치가 숨이 막혀 쓰러졌다가 얼마 뒤 깨어나 보니 이번에도 호랑이는 온데간데없었다. 전우치는 마침내 무릎을 꿇고 엎드려 절을 했다.

“영감의 법술에 그 누구도 겨룰 자가 없다는 걸 이제야 깨달았습니다.”

그다음에 전우치는 이번에는 서화담과 재주를 겨뤄 보고자 그 길로 개성으로 내달렸다. 전우치는 먼저 서화담의 아우 숭덕을 만나 환술을 보여 주었다. 숭덕은 아주 흥미로워 했으며, 화담의 누이도 탄성을 연발했다. 어느 날 밤 노루가 앞산에서 울어 대자, 숭덕은 전우치에게 운을 뗐다.

“공께서 저 노루를 죽일 수 있습니까?”

“쉬운 일이지요, 그 정도쯤이야!”

하면서 부적을 던지자, 노루 울음소리가 당장 그쳤다.

● **서화담**(徐花潭)**과 윤군평**(尹君平)　 서화담은 서경덕(徐敬德)으로 황진이, 박연 폭포와 함께 ‘송도삼절(松都三絶)’로 일컬어졌다. 유교뿐만 아니라 도교 등의 사상에도 조예가 깊었으며, 전우치가 그의 제자라는 설도 있다. 윤군평은 이 시기에 도술이 뛰어났던 인물로 알려져 있다.

다음 날 아침이 되어 숭덕이 가서 확인해 보니, 정말 노루가 숲 속에 죽어 있었다. 숭덕은 그때부터 전우치를 전적으로 신뢰하며 따랐다. 전우치는 숭덕에게 화담 선생 앞에서 자신을 치켜세워 달라고 부탁했다. 숭덕은 전우치의 요청대로 침이 마르도록 칭찬을 했으나, 서화담은 단번에 물리쳐 버렸다.

다시 화담의 누이까지 거들어,

"한번 시험해 보고 그만두어도 괜찮지 않겠는가?"

하고 거듭 요청했다. 서화담은 아녀자를 꾸짖을 수야 있겠냐며 웃으면서 그러자고 승낙했다. 이리해 전우치는 마침내 서화담을 만날 수 있었다.

"그대는 무슨 일로 먼 곳까지 찾아와 나를 만나려 하는가?"

"소인에게 천한 기술이 좀 있사온데,

선생께 보여 드려도 괜찮겠는지요?”

“그래, 한번 맘대로 해 보게.”

전우치가 밖으로 나가자마자, 수많은 황금빛 공작이 서화담의 자리 앞으로 날아들었다.

“대단하지 않습니까?”

숭덕이 옆에서 이렇게 부추기고, 누이도 창문 안에서 탄성을 질렀다. 그러나 서화담이 한번 소리를 지르자, 공작이 뜰로 내려와 모두 복숭아 잎으로 변해 버렸다. 전우치가 다시 부적을 날리자, 큰 벌레들이 정원의 꽃 사이로 날아드는데, 입을 벌리고 누린내를 뿜으며 금방이라도 물 기세였다. 서화담이 다시 꾸짖자, 벌레들은 호랑이로 변해서 전우치를 발톱으로 찍고 입으로 물어 죽이고는 사라져 버렸다. 숭덕과 누이는 두려운 나머지 식은땀을 흘리며 전우치를 살려 달라고 애원했다.

“너희들도 지금부터 절대 이런 요술에 유혹되지 말거라.”

서화담이 죽은 전우치를 토닥거리자, 그는 몸을 펴며 서서히 일어난 뒤 뜰로 내려와 머리를 조아리며 사죄했다.

“선생의 높은 도술을 미처 헤아리지 못하고 제가 감히 작은 재주를 부렸나이다. 죽을죄를 지었사옵니다. 소인이 한 짓은 보잘것없는 환술에 불과한지라 세상 사람들을 우롱할 수 있을 뿐이지, 선술과는 비교할 만한 것이 못 되옵니다. 일전에 윤군평과 재주를 겨룬 적이 있는데, 그때도 소인이 크게 패했나이다. 그런데 선생께선 윤공보다도 법술이 훨씬 높으시옵니다.”

"이른바 선술이나 환술이란 건 내 알 바 아니다. 다만 올바름으로 그릇됨을 다스릴 뿐이다. 듣자 하니 네가 요술을 부려 옳지 못한 짓을 많이 한다고? 이후로 서울에선 지내지 말고 저 멀리 깊은 산으로 들어가 다시는 요술을 부리지 말거라."

전우치는 연신 머리를 조아렸다.

"예예, 삼가 가르침을 받들겠나이다!"

그렇게 떠난 이후로, 아무도 전우치의 종적을 알 수 없었다.

● **선술**(仙術)　신선이 행하는 술법으로, 늙지 않고 오래오래 산다는 불로장생(不老長生)이나 사람이 신선이 되어 하늘로 올라간다는 우화등선(羽化登仙) 같은 것을 말한다.

옛사람들, 이상향을 꿈꾸다

옛날이나 지금이나 견뎌 내야 할 현실이 버거울 때 사람들은 환상을 만들어 냅니다.
'지금, 여기'에서는 불가능한 자유롭고 행복한 삶을 지속할 수 있는 '저 너머'의 낙원.
서양에선 이를 '유토피아'라 하지요. 동양에서는 이상향이라고 하면 대표적으로 중국
도연명의 '무릉도원'을 떠올립니다. 우연히 한 어부가 발견한 복숭아나무 숲 속에서
사람들은 남녀노소 가릴 것 없이 모두가 행복한 표정이었다고 하지요.
우리나라 옛 문헌에서도 선조들이 꿈꾸었던 낙원과 유유자적하며 노니는 신선들을
찾아볼 수 있습니다. 지리산 청학동이나 갑산의 태평동, 평안도의 회산선계, 바다 위의
낙원 단구에 이르기까지 곳곳에 구현되어 있지요. 물론 상상의 세계로서 말입니다.
그럼 옛사람들이 바랐던 신선의 모습과 신선의 세계를 한번 살펴볼까요?

가벼운 깃털처럼 세상을 노니는 신선

신선의 '선(仙)' 자는 원래 '선(僊)'으로 썼다고 합니다. 춤추는 옷소매가 바람
에 펄럭거린다는 뜻입니다. 그러니까 신선은 지상의 중력, 다시 말하면 속
세의 억압이나 구속에 얽매이지 않고 하늘로 가볍게 날아오를 수 있는 존재
를 뜻하는 것이지요.

푸른 하늘 위 아스라이 걸려 있는 황금 누대에 살고, 학이 이끄는 수레를 타고
가벼이 다니며, 달빛 비치는 연못가에 모여 향긋한 천상의 술을 한 잔 마시면, 세
상사 희로애락 모두 풍류를 타고 바람에 실려 가 버리는 영원한 기쁨의 삶. 그것
이 바로 신선이 누리는 삶이었습니다.

그런데 옛사람 눈에도 신선이라고 해서 다 같은 신선은 아니었던 모양입니다.
동진의 갈홍은 사는 곳을 구분해 신선을 세 등급으로 나누었습니다.
구름처럼 둥실 떠올라 하늘에서 노니는 천선(天仙), 명산대천에서 노
니는 지선(地仙), 이승에서의 삶을 마감한 뒤 육신에서 벗
어나 세상을 유유자적하며 살아가는 시해선
(尸解仙)이 그것입니다. 물론 신선 최고의
경지는 천선이었겠지요.

해맑고도 빼어나며 높고도 그윽한 신선 세계

신선의 품계를 세 등급으로 나누기도 했다니, 신선이 사는 곳도 그에 따라 다른 모습이
었겠지요. 우리나라 옛사람들이 상상한 선계의 모습도 실로 다양했습니다. 그 가운데
대표적인 이상향이 청학동이었는데, 조선 중기의 유학자 김인후(1510~1560)는 청학동을
다음과 같이 묘사했습니다.

몽유청학동

하루 해 뉘엿한데 떳집에 취해 누워,
우연히 갑작스레 한 꿈 꾸었지.
우뚝이 솟은 산이 눈앞에 보이더니,
아지랑이 푸른 안개 한없이 이어졌네.
천지를 압도할 듯 장쾌하기 짝이 없어,
늘어선 뭇 산들은 항아리를 엎어 놓은 듯.
그 가운데 한 골짝이 구름 사이 열리는데,
화양동 소유동은 비길 바가 아니었네.
해맑고도 빼어나며 높고도 그윽해라.
어지러이 온갖 경치 앞을 다퉈 펼쳐지네.

외로운 학 훨훨 날아 푸른 구름 위로 드니,
그윽한 흥 어느새 구름 향해 움직이네.
천 길 나는 폭포 깊은 못에 떨어지니,
부딪치며 돌을 쳐서 바위 움푹 패였구나.
초연히 홀로 걸으니 두 다리 가벼웁고,
정신 맑고 뼈도 서늘, 마음은 제멋대로.
한 사람이 날 따르며 단사(丹砂)를 건네주며,
이것을 드시오면 하늘을 난다 하네.
바람 타고 구만 리 장공에 훨훨 떨쳐 올라,
인간 세상 굽어보니 먼지만 자욱하구나.
인간의 천만년을 고개 돌려 바라보다,
깨고 보니 세상일은 어찌 이리 바쁘더뇨.

우리나라의 도인들

이 책에 나오는 전우치는 조선 시대에 실존했던 기인이자 도술가였습니다. 이른바 '도사'
였지요. 도사는 신선과 인간의 중간쯤에 자리한다고 볼 수 있는데, 판타지와 마찬가지
로 현실을 넘어서고자 하는 사람들의 꿈이 만들어 낸 존재입니다. 그 꿈은 후대로 이어
지면서 숱한 도사 이야기와 영웅담을 낳았지요.

홍유손 세조가 왕권을 찬탈하자 세속을 등지고 은거한 인물입니다. 김시습, 남효온 등
과 함께 비관과 냉소로 일관하며 기인의 풍모로 살았습니다. 어느 날 홍유손이 높은
언덕에서 똥을 누는데, 똥이 마치 꼰 새끼줄처럼 길었지요. 언덕 아
래에 있던 아이들이 놀라 소리를 지르자, 그는 곧 똥을 끌어당겨 배
속으로 집어넣었다 합니다. 당시 남자들은 열 살이면 장가를 들었는
데, 그는 일흔여섯에 결혼해 아들을 낳고 아흔아홉까지 천수를
누려 최장수 인물로 기록되었습니다.

윤군평 어려서 무예를 익혀 군관(軍官)이 된 뒤, 김시습에게 도
술을 전수받았습니다. 몸이 뜨거워 늘 차가운 쇠붙이를 양 겨
드랑이에 끼고 있었는데, 쇠붙이가 금세 뜨겁게 달아올라 자
주 갈아 끼웠답니다. 늘 목욕으로 어깨와 등을 식혔고, 동짓날
에도 우물물을 등에 끼얹었습니다. 일생을 병 없이 지내다가
여든 가까이에 죽었는데, 시신이 옷같이 가벼웠다고 합니다.

전우치 서울에서 낮은 벼슬을 지내다가 개성에 은거하며
도술과 환술을 익혔습니다. 밥을 먹다가 입에 넣은
밥알을 내뿜으면 밥알이 모두 흰 나비가 되어 날아
갔다고 합니다. 또한 당시 천연두가 유행했는데, 그
가 도술로 예방했다고도 합니다. 나라에서는 그가 요사
스런 술법으로 백성을 현혹한다 해 감옥에 가뒀습니다. 그가
죽은 뒤 이장을 하려고 묘를 파 보니 시신은 없고 빈 관만 있었
다고 합니다.

이지함 마포 강가에 흙으로 정자를 짓고 살면서 상인들을 상담해 주었는데, 그가 시키는 대로만 하면 이문이 생겨 훗날 《토정비결》도 지었지요. 천문, 지리, 산수, 술서 등에도 통달했으며, 한겨울에도 벌거벗고 눈 위에 앉아 있었다고 합니다. 한여름엔 물 한 모금 마시지 않고 지내기도 하고, 또 열흘 이상씩 곡기를 끊거나 수백 리 길을 피곤한 기색 없이 걸었습니다. 축지법을 써서 달포 걸릴 거리를 한나절 만에 가기도 했답니다.

서산 대사와 사명당 어느 날 사명당이 서산 대사의 명성을 듣고 그와 겨뤄 볼 작정으로 찾아갔습니다. 사명당이 봇짐에서 바늘이 가득 담긴 그릇을 꺼내어 잠시 그 바늘을 뚫어지게 바라보자, 바늘이 국수로 변했답니다. 사명당이 맛있게 먹으면서 서산 대사에게 권하자, 그도 역시 받아먹었습니다. 그런데 잠시 후 서산 대사의 입에서 바늘이 줄줄 흘러나왔다고 합니다. 이번엔 사명당이 백 개의 계란을 꺼내어 땅바닥에서부터 한 줄로 차근차근 쌓아 올리자, 서산 대사가 웃음을 짓더니 계란을 공중에서부터 거꾸로 쌓아 내렸답니다. 마지막으로 사명당이 하늘을 힐끗 바라보자, 구름 한 점 없이 맑던 하늘이 갑자기 먹구름으로 덮이더니 굵은 빗줄기가 쏟아졌습니다. 그러자 서산 대사는 크게 웃고 나서 소낙비를 멎게 하고는 땅바닥에 스며든 빗방울까지 몽땅 하늘로 거둬 가 버렸답니다.

박지화 화담 서경덕의 문하생으로 금강산에 들어가 7년 동안 도를 닦았습니다. 일찍이 공부하느라 산사에 기거하면서 한 달 내내 베옷 한 벌만 입고 지냈는데, 밤이면 책을 베고 누워 보름 동안은 왼쪽으로 누워 자고, 나머지 보름 동안은 오른쪽으로 누워 자니, 베옷이 주름 하나 없이 새로 다림질한 것 같았다고 합니다. 여든 살에 물에 빠져 죽었는데, 미리 나무를 깎아 "갈매기는 본래 물에서 자는 것이다. 무슨 까닭으로 슬퍼하랴."라고 써 놓았습니다. 이를 보고 모두들 그가 그냥 죽은 것이 아니라 몸만 남겨 둔 채 혼백이 빠져나가 수선(水仙)이 되었다고 했습니다.

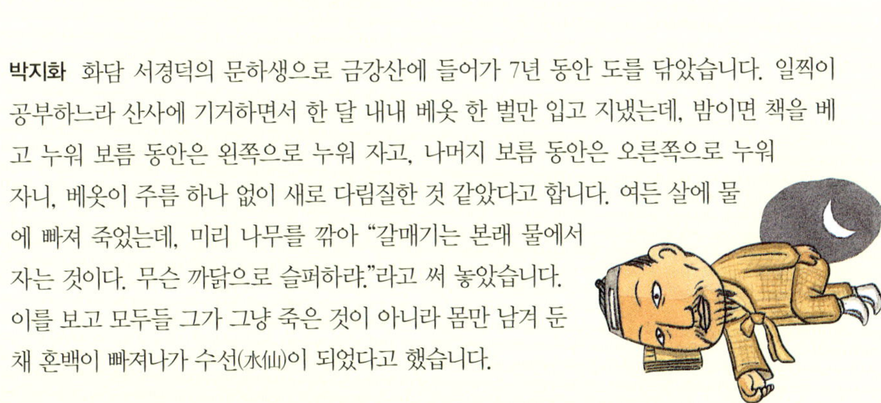

사방으로 흩뿌리니 꽃이 떨어지고 얼음이 부서지며,
둥글게 모으니 눈이 녹고 번개가 **번쩍**이며
끝에는 고니처럼 둘레를 돌면서 학처럼 높이 날더니
사람도 칼도 보 이 지 않   았   다

이름 없는 비범한 인물들

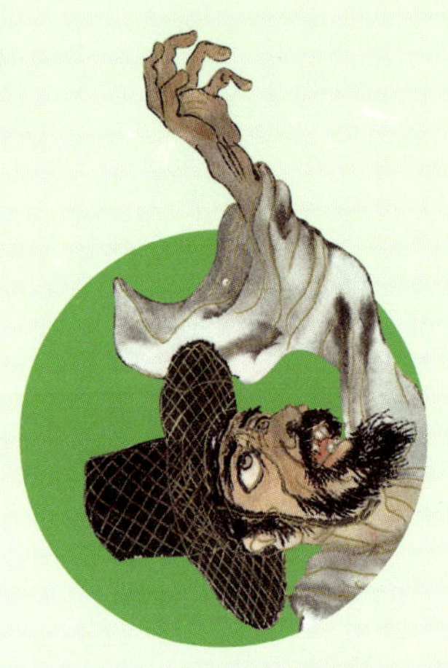

이야기 … 하나

도적의 소굴을 소탕한 백거추

백거추는 조선 중엽 때의 인물이다. 키가 팔 척이고 힘이 장사여서 여간해선 당할 자가 없었다. 백거추는 단지 힘만 센 게 아니었다. 의로운 일을 좋아하고 신의를 중시해, 세상 사람들은 그를 '호걸'이라고 칭송했다.

한번은 백거추가 남쪽으로 추노하러 가서 대여섯 바리의 짐을 싣고 올라오게 되었다. 오는 도중 산길을 지나는데, 가을철이라 금방 날이 저물었다. 사방을 둘러보아도 인가라곤 보이지 않았다. 길을 헤매는 중에 어떤 이가 백거추를 지나쳐 갔다.

"당신은 누구시오?"

"산속에 사는 미천한 백성으로 마침 여의치 못한 일이 있어 지금 집으로 돌아가는 길이오."

“당신 집이 어디에 있소?”

그이는 산속을 손으로 가리키면서 말했다.

“저곳이라오.”

백거추는 마음을 놓으며 부탁했다.

“날은 저물었는데, 길을 잃었소. 당신 집에 가서 묵을 수 있겠소?”

그이는 그러자고 하면서 앞섰다. 백거추도 뒤따랐다. 구름과 안개를 뚫고 산을 넘고 물을 건너 구불구불한 길을 돌아 한참을 들어가자 집들이 나타났다.

“이 중 큰 집은 제 주인집이라우. 객실이 있는데 주인께선 지나는 길손을 반긴다우.”

그 말을 들은 백거추는 무척이나 반가웠다.

“골짜기마다 사람 살리는 부처가 산다 하더니, 바로 여기를 두고 하는 말이군요.”

대문 밖에 이르자 건장한 종이 나와 백거추를 맞이했다. 그러고는 안에 기별을 하고 대청마루로 안내하는데, 화문석과 병풍이 어찌나 휘황찬란한지 눈이 부실 정도였다. 주인은 붉은 갈기 삿갓을 쓰고 무늬가 있는 비단옷을 입고서 예의를 차리고 앉아 있었는데, 마치 옛날 친구를 만난 것처럼 은근하게 대해 주었다. 이윽고 아랫사람에게 분부해 종과 말을 행랑채와 마구간에 잘 쉬게 하고, 저녁상을 올리라 했다. 차려 내온 상엔 그야말로 산해진미가 그득했다. 저녁을 맛있게 먹은 백거추가 주인에게 물러가 쉬겠다고 인사를 하자, 주인은 그러라고 하면서 사람을 시켜 데려다 주었다. 깔끔한 사랑채 안에는 이불과 베개, 그리고 휘장이 무척 화려했으며, 곁에서 시중을 드는 아름다운 시녀도 있었다. 의구심이 든 백거추는 이렇게 생각했다.

'이곳은 관아인가? 하지만 아무리 관아라 해도 지나가는 손님을 대접하는 게 이리 과분할까? 게다가 관아로 들어가는 길이 이렇게 구불구불하고 위험해서야……. 참 이상도 하구나. 지나가는 행인이라도 있으면 불러서 물어보련만 밤이 이미 깊었으니……. 그냥 새벽닭이 울 때 바로 일어나 떠나면 그만, 걱정할 필요야 있겠는가!'

그리해 즐거이 시간을 보냈다. 실컷 놀고 잠을 자려는데, 곁에 있던 시녀가 갑자기 흐느끼듯 한숨을 내쉬었다.

"불쌍하군요, 불쌍해!"

여자가 내뱉은 뜻밖의 말에 백거추는 어안이 벙벙해졌다.

"대체 뭐가 불쌍하단 말이냐?"

"그건……. 아뇨, 됐어요."

여자는 말을 하려다 말고 뭔가 두려워하는 것 같았다. 백거추가 괜찮다고 하면서 억지로 따져 묻자, 여자는 소리를 낮춰 무시무시한 얘기를 들려주는 것이었다.

"이곳 주인은 좋은 사람이 아니에요. 도둑 떼의 우두머리랍니다. 산속에 살면서 지나가는 길손을 유인해서는 술을 먹여 곯아떨어지게 한 뒤, 길손을 죽이고 재물을 빼앗는답니다. 저 같은 여자가 이곳에 수백

● 추노(推奴) 도망간 노비를 찾아서 다시 데려오는 일.
● 화문석(花紋席) 꽃의 모양을 놓아 짠 돗자리.

명이나 되는데, 모두 양가집의 규수들로 잡혀 온 몸이지요. 문밖엔 항상 칼을 들고 서서 지키는 자들이 있어서, 쉽게 입을 열지 못한 것이랍니다. 당신의 행색을 보아하니 별로 비범한 인물도 아닌 듯한데, 어쩌다 이런 곤경에 처하게 됐는지……."

깜짝 놀란 백거추는 마음을 다잡고 여자를 안심시켜 두었다.

"그렇다면 마음 놓고 기다리거라. 나는 만 명이라도 당해 낼 힘을 가졌으니, 이놈들을 모두 처단해 너를 비롯해 붙잡혀 있는 아녀자들 모두 집으로 돌아가게 해 주겠다."

백거추는 곧바로 짧은 옷으로 갈아입은 다음, 먼저 입었던 옷자락을 찢어 철 조각을 쌌다. 그리고 그것을 가죽신 안에 꽉 채워 떨어지지 않게 단단히 붙였다. 준비를 다 끝낸 백거추는 몰래 빠져나와 몸을 숨긴 채 기다렸다. 잠시 후 과연 도적 한 놈이 장검을 들고 백거추가 묵고 있는 행랑채로 다가왔다. 백거추는 도적이 앞을 지나가도록 놔두었다가, 지나치자마자 뒤에서 발로 차 땅에 엎어뜨리고 칼을 뽑아 찔렀다. 불의의 습격을 받은 도적은 소리 한 번 지를 겨를도 없이 숨이 끊어지고 말았다. 또 한 놈이 다가오자 이번에는 칼로 작살을 냈고, 또 다른 한 놈도 죽여 없앴다.

어둠 속에서 주변을 살펴보니, 어느새 도적 떼가 사방을 에워싸고 있었다. 두목은 높다란 의자에 앉아 있었고, 횃불을 든 도적 떼가 주변을 대낮처럼 환하게 밝히고 있었다. 백거추는 곧장 칼을 휘두르며 두목을 향해 달려들었다. 칼에 번갯불이 번쩍 이는 듯하더니, 놈이 피할 틈도 없이 휙 하고 지나갔다. 두목이 급히 칼을 뽑았으나, 이미 두목의 머리는 땅에 떨어져 나뒹굴고 있었다. 이어 도적 떼가 벌 떼처럼 몰려들었다. 백거추가 두목의 칼을 빼앗아 양손에 들고 휘두르자 걸리는 족족 베여 나가떨어졌고, 남은 놈들은 사방으로 흩어져 달아나 버렸다.

이제 주변에는 붙잡혀 와 있는 여자들뿐이었다. 백거추는 여자들을 모두 불러냈다. 아까 시중들던 여자도 그 사이에 끼어 있었다. 백거추는 여자에게 다가가 보란 듯이 물었다.

"자, 어떤가?"

여자는 감히 쳐다보지도 못하고 머리를 조아릴 뿐이었다.

어느새 날이 밝아 오고 있었다. 그제야 데리고 온 종이 생각난 백거추가 종을 급히 찾았더니, 손이 뒤로 묶인 채 졸도한 상태였다. 급히 풀어 주고 치료를 해 주자, 이윽고 깨어난 종은 그간의 사정을 백거추에게 아뢰었다.

"이 집 주인이 나리께 술을 권하며 대접하는 사이, 저들이 소인을 묶고 '네 주인을 죽인 후에 너를 죽여 주마.' 하고 을러댔습니다요. 얼마 후 살벌한 소리가 들리기에 나리께서 당했구나 싶었습죠. 한데 이렇게 저들을 다 처단하고 소인을 살리실 줄이야……"

백거추는 여자들에게 사는 곳을 하나하나 묻고는 집으로 돌려보내면서, 도적들이 쌓아 놓은 재물과 비단을 모두 나누어 주었다. 그러자 밤에 모시던 여자가 따라가겠다며 눈물로 호소를 했다.

"너는 내 은인이기에 버릴 수 없구나. 하지만 이미 양반집 여자라는 것을 알고 있는데, 데리고 간다면 의롭지 못한 짓이지."

백거추는 함께 여자의 집으로 가서는, 싣고 온 물건들을 모두 주면서 여자의 부모에게 발설하지 말라고 당부했다. 그리고 날을 잡아 여자를 시집까지 보내 준 다음, 채찍을 휘두르며 훌쩍 떠나 버렸다. 얼마 안 있어 백거추는 무과에 장원 급제해 병마절도사에까지 올랐다. 그래서 마을 아이들까지 백거추의 이름을 모르는 이가 없었다.

● **병마절도사**(兵馬節度使)　조선 시대 각 지방의 군영을 지휘하던 고관으로, 무사로서는 최고의 직위에 해당한다.

이야기 …
둘

친구의 원수를 갚은 오대산 검객

오대산 검객이라고 알려졌을 뿐 정확히 누구인지 알 수 없는 사람의
이야기이다.

영조 때 서울에 사는 서생이 풍수설에 푹 빠져 있었다. 그런 그가
한번은 유람차 오대산에 가게 되었다. 정상에 올라 첩첩한 산줄기를
내려다보니 절경을 속속들이 찾아 구경하고 싶어졌다. 계곡을 지나고
고개를 넘어 얼마를 갔는지도 알 수 없을 무렵, 어느 숲에 이르렀다.
날은 저무는데 사방을 돌아보아도 인가라곤 보이지 않았다. 마음이
급해진 서생은 가시덤불을 헤치며 길을 찾았으나, 이미 사방이 칠흑
같이 어두워져 동서를 분간할 수 없었다. 서생은 어쩔 줄 몰랐다.

그때였다. 갑자기 나뭇잎 사이로 한 줄기 빛이 새 들어왔다. 반가운
나머지 엉금엉금 기다시피 그 빛을 따라가자, 숲이 끝나는 지점에 띳집

한 채가 나타났다. 문을 두드리자 한 젊은이가 나오더니, 사색이 되어 말했다.

"아니, 여기는 호랑이 같은 맹수가 우글대는 곳인데, 어떻게 여기까지 오셨소?"

서생이 사연을 얘기하니, 젊은이는 그제야 얼굴이 밝아졌다.

"이 산중에는 맹수가 많고, 인가라곤 누추한 저희 집뿐이지요. 다행히 잘 오셨습니다."

젊은이는 서생더러 안으로 들어오라 하고 방에 있는 사람에게 일렀다.

"서둘러 저녁을 준비하거라. 손님이 시장할 터이니."

서생이 젊은이를 가만 살펴보니, 서른을 넘긴 듯한 나이에 외모는 준수하고 온화해 전혀 시골 서생 티라곤 나지 않았다. 시렁에는 책이 가득 쌓여 있었고, 네 벽은 티끌 한 점도 없이 말끔했다. 궁금해진 서생이 젊은이의 이름을 묻자,

"차차 말씀 드리지요."

하며 대답을 미루었다. 차려 온 식사를 마친 뒤, 서생은 젊은이와 그 산의 형세와 나라 안 산천의 풍수에 대해 밤이 깊도록 흥미진진한 얘기를 나누었다.

"피곤하실 터이니 일찍 주무시지요. 저는 할 일이 있어서 조금 뒤에 자렵니다."

젊은이는 서생에게 잠자리를 내주고는, 자신은 자지 않고 불을

밝힌 채 글을 읽는데, 소리가 자못 낭랑했다.

서생은 어느새 깊이 잠에 빠져들었다. 그런데 뒤척이다 우연히 잠이 깨어 젊은이를 슬쩍 보게 되었다. 젊은이는 미동도 하지 않은 채 그때까지도 꼿꼿한 자세로 책을 읽고 있었다. 순간 문밖에서 어떤 소리가 들렸는데, 쏴 하는 게 낙엽이 떨어지는 소리 같기도 했다.

"왔는가?"

"그래, 왔네."

문밖에서 누군가가 문을 열고 들어오려다가 순간 머뭇거렸다.

"누워 있는 이가 뉘신가?"

"상관없네. 산속에서 길을 잃은 분일세."

그러더니 서생을 슬쩍 흔들며 연거푸 불렀다.

"잡니까, 자요?"

서생은 일부러 대답하지 않고, 코를 골며 자는 척했다.

"잠이 깊이 들었나 보군!"

젊은이는 그 사람을 방으로 들였다. 서생은 실눈을 뜨고 몰래 살펴보았다. 들어온 자도 역시 젊고 체구도 건장했다. 그는 방 안으로 들어서자마자 젊은이를 재촉했다.

"그만 가세!"

젊은이는 즉시 일어나 작은 방으로 들어가더니 작은 고리를 가지고

• **고리** 고리버들이나 대오리를 엮어 상자같이 만든 물건.

나왔다. 덮개를 열자 비수 두 개와 보자기 하나가 나왔다. 두 사람은 입고 있던 옷을 벗고, 보자기 안에 든 것으로 갈아입었다. 한쪽은 청색, 다른 한쪽은 황색의 무인 복장이었다. 그걸 본 서생은 매우 놀라 심장이 얼어붙는 것 같았다. 나갈 채비를 마친 두 사람은 문밖 어디론가 사라졌다. 서생이 조용히 일어나 시렁 위의 책들을 뒤적여 보니 대부분 검에 관한 책이었다. 그제야 이들이 검객이란 걸 알게 되었다. 그러니 다시 잠자리에 들었어도 잠이 올 턱이 있겠는가. 밤새 이리저리 뒤척일 뿐이었다.

다음 날 닭이 울 때쯤 문밖에서 바람소리가 들리는 듯하더니, 순간 두 사람이 방에 들어와 앉았다. 서생은 또 자는 척하며 몰래 이들을 살폈다. 두 사람은 비수를 바닥에 내려놓고 옷을 갈아입더니 손을 맞잡았다. 잠시 얼굴에 미소가 비치는 것 같더니, 이내 주르륵 눈물을 흘렸다. 한동안 긴 침묵이 이어지더니 밤에 찾아왔던 젊은이가,

"이제 나는 감세!"

하고 나가 버렸다. 혼자 남은 젊은이는 서둘러 옷가지와 물건들을 정리해 숨기고는 서생을 불러 깨웠다.

"일어나시오, 일어나! 괴이할 것도 두려워할 것도 없소이다. 자는 척하지 마시고……."

서생은 그제야 일어나서 간밤의 일들에 대해서 물었다.

"아까 그이는 함경도 삼수갑산 근처에 사는 내 친굽니다. 예전에 저 친구와 나, 그리고 또 다른 한 친구가 동문수학을 했는데, 한 친구가 아무 죄도 없이 남에게 죽임을 당했지요. 그래서 우리 둘은 복수하리

라 마음을 먹고 십여 년 넘게 기회를 보아 오다가 오늘에야 원수를 처치했지요."

"당신 같은 재주로 어찌해 십여 년씩이나 기다려야 했소?"

"아니오. 기술은 때를 넘어설 수 없소. 귀신같은 재주를 가졌다 하더라도 반드시 때를 빌려야 하는 법이니, 천명이 다하기 전에 어찌 복수를 할 수 있겠소? 오늘 밤이 바로 그자가 큰 액을 당할 때였던 것이오. 지금까지 이 시간을 얼마나 기다렸는지 모를 거요."

"그 원수는 어디에 살며 이름이 누구요?"

"영남의 아무 땅에 사는 부자 아무개라오."

서생이 이름을 떠올리며 그곳과의 거리를 따져 보니, 천 리가 넘었다.

"그럼 왜 먼저는 웃었다가 나중에는 눈물을 흘렸소이까?"

"이제 시원하게 원수를 제거했으니 어찌 기쁘지 않겠소? 그러나 죽은 친구를 생각하니 슬프지 않을 수 없었소."

다 듣고 난 서생은 예의를 갖추어 부탁을 했다.

"세상에 칼 쓰는 솜씨가 남다른 사람이 있다는 얘기는 들었으나, 아직까지 직접 보지는 못했소. 오늘 다행히 당신을 만나 한번 볼 수 있다면 평생의 소원을 이룰 듯싶소이다만."

"하하하, 이렇게 보잘것없는 검술로 객을 즐겁게 할 수 있겠소이까?"

• **삼수갑산**(三水甲山)　함경도에 있는 고을 이름으로, 삼수와 갑산은 교통이 불편하고 험하기로 유명하다. 그래서 '삼수갑산을 간다.'라고 하면 매우 어려운 지경에 빠졌다는 뜻으로 여겼다.

　젊은이는 한참 동안 생각에 잠기는 듯하더니, 이윽고 일어나 다시 작은 방으로 들어가 고리를 내왔다. 그 안에는 닭의 깃털이 가득했다. 젊은이가 고리를 던지며 칼을 휘두르자 깃털이 주변에 쌓이는가 싶더니, 어느새 사람은 보이지 않고 한 줄기 흰 기운만이 방 안에 서렸다. 깃털은 팔랑팔랑 춤을 추며 벽 위로 어지럽게 날고, 등불 심지의 푸른 광채는 위아래로 왔다 갔다 하며 찬 빛이 뻗치니, 머리카락이 쭈뼛쭈뼛 섰다. 서생은 황홀하기도 하고 온몸에 소름이 돋아 똑바로 앉아 있기가 어려웠다. 얼마 후 젊은이는 '챙' 소리를 내며 칼을 내던졌다.

　"별 볼일 없는 재주를 마쳤소. 잘 보셨습니까?"

　서생은 눈이 휘둥그레지며 벙어리가 된 듯 아무런 말도 할 수 없었다. 한참이 지나 겨우 정신을 가다듬고 방바닥을 보니 수천 개의 깃털이 반으로 갈라져 있었다. 그런데도 젊은이는 태연하게,

　"장난삼아 한 것이오."

라고 말하고는, 칼을 다시 집어넣고 잠자리에 들었다.

　"내 풍수를 그만두고 당신에게 검술을 배우고 싶소."

　"검술이란 누구나 배울 수 있는 것은 못 되지요. 게다가 객을 보아하니 이쪽은 아닐 성싶소. 배운다 해도 말이오."

　이렇듯 딱 잘라 거절하는 통에 더는 부탁을 할 수가 없었다. 이튿날 함께 아침을 먹고 서생은 젊은이와 헤어졌다. 떠나는 길에 젊은이는 다짐을 받아 두었다.

　"어젯밤 있었던 일은 절대 누설하지 마시오. 만약 그랬다간 천 리 밖에서도 알 수 있으리니!"

“알겠소.”

서생은 그러겠다고 약속하고 길을 나섰다. 돌아가는 길에 영남의 그 부자가 누구인지 궁금했던 서생은, 자기 집으로 가지 않고 곧장 영남의 아무 고을로 가서 아무 성을 가진 부자가 있는지 확인했다. 과연 그런 자가 고을에 살고 있었다. 마을 사람들에게 슬쩍 물어보니,

“부자는 아무 달 아무 날 밤에 병도 없이 갑자기 죽었고, 검안을 해 보니 시체가 쌀겨 포대처럼 부들부들하고 쪼그라들어 아예 근육과 뼈가 없는 사람 같았습니다. 주변에서 놀라워하면서도 왜 죽었는지 아무도 모른답니다.”

라는 것이었다. 서생이 그 날짜를 따져 보니 자신이 오대산에서 묵었던 딱 그날 밤이었다. 서생은 집에 돌아와서도 이 일을 남에게 일절 발설하지 않았다. 그러다가 늙어서야 친척에게 얘기해 주었다고 한다.

이야기 … **셋**

주인집을 위해 복수를 한 검녀

진사 소응천은 삼남에서 뜻있는 선비로 이름이 높았다. 그런 그에게 어느 날 한 여자가 찾아와 절을 하는 것이었다.

"어른의 높은 존함을 익히 들었사옵니다. 미천한 제가 평생을 받들고자 하오니 허락해 주실는지요?"

"네가 아녀자의 몸으로 장부에게 스스로 천거를 하다니, 이는 규중의 여자가 할 일이 아니니라. 너는 남의 집 종이냐, 창가의 여자냐, 아니면 이미 혼인을 하고도 처녀인 양 행세를 하는 것이더냐?"

"저는 본디 남의 집 종이온데, 주인집은 이미 씨도 없이 몰락해 돌아갈 곳 없는 몸이옵니다. 제 나름의 한 가지 바람이 있다면 범상한 남자를 섬기다가 일생을 마치는 일이 없었으면 하는 것이옵니다. 하여 남장을 하고 돌아다녔기에 몸을 소홀히 하지도 더럽히지도 않았사옵

니다. 천하의 기상 있는 선비를 택하고자 해 나리께 이렇게 스스로 천
거한 것이옵니다."

소응천은 이리해 그 여자를 소실로 받아들였다. 그렇게 몇 년을 살
았을 즈음, 어느 달 밝은 밤 한가한 틈을 타, 여자는 좋은 술과 안주
를 차려 놓고 자신의 과거를 소응천에게 고백했다.

저는 어느 댁의 종이었습니다. 마침 주인댁 아씨와 같은 해에 태어나
서 아씨의 시중을 들게 되었고, 뒤에 아씨가 시집갈 때도 교전비로
따라갈 참이었지요. 한데 겨우 아홉 살 될 무렵, 주인댁이 권력가에
게 고소를 당해 집안이 풍비박산 나고 전답도 모두 빼앗겼지요. 오직
아씨와 유모만이 목숨을 부지해 타향으로 피신했답니다. 그때 저만
아씨를 따라갔고요.

아씨는 열 살이 갓 넘자 저와 의논해 남장을 하고 검객을 찾아 나
섰지요. 이 년 뒤 천신만고 끝에 검객을 만나 칼 쓰는 법을 익혔고,
오 년째 되던 해 마침내 공중을 날아다닐 수 있었답니다. 이후 유명
한 도회지로 다니면서 묘기를 보여 주고 천 냥을 벌어서 보검 넉 자
루를 샀지요. 그리고 마침내 때를 보아, 묘기를 자랑하러 온 사람인
양 속이고서 원수의 집을 찾아갔습니다. 달빛을 타고 칼을 휘두르니,
칼날이 이르는 곳마다 떨어진 머리가 금방 수십에 이르렀답니다. 원

198

수의 집안 식구 모두 붉은 피를 쏟으며 쓰러졌고, 우리는 공중을 날아 춤을 추며 돌아왔지요. 아씨는 목욕을 하고 여복으로 갈아입더니, 상을 마련해 놓고 부모의 원한을 갚은 일을 선산에 고하며 울먹였습니다. 그러고 나서 저에게 이렇게 당부하더군요.

"나는 남자의 몸으로 태어나지 못했으니 세상에 살아남더라도 가문을 이을 수 없구나. 게다가 남장으로 팔 년간 천 리를 돌아다녔으니, 비록 남에게 몸을 더럽히지는 않았으나 이것이 어찌 여자의 도리라 하겠느냐? 혼인을 하고 싶어도 배필이 없을 것이고, 배필이 있다 한들 마음에 드는 남자를 얻을 수 있겠느냐? 또 우리 집안이 대대로 독자인지라 아무 일가붙이도 없으니 누가 나의 혼주가 되어 주겠느냐? 나는 차라리 여기서 자결해 죽고 말련다. 너는 이 보검 한 쌍을 팔아서 나를 이곳에 묻어 다오. 죽은 몸이나마 부모님 곁으로 돌아간다면 여한이 없겠구나. 네 처지는 나와 다르니 나를 따라 죽을 필요는 없다. 나를 묻은 다음, 나라 안을 돌아다녀서 뜻있는 선비를 만나거든 처나 첩이 되어라. 너 역시 기이한 포부와 걸출한 기상이 있는데, 어찌 평범한 남자에게 머리를 숙이고 고분고분 살겠느냐?"

아씨는 말을 마치자 당장 칼에 엎드려 죽었습니다. 저는 아씨의 유언대로 보검을 팔아 돈 오백 냥을 만들어 장사를 치르고 나머지 돈으로 논밭을 사서 제사를 받들도록 했지요. 저는 그 후로도 계속 남장을 한 채로 삼 년을 더 떠돌아다녔습니다. 그러던 중 고명한 선비로는 선생 같은 분이 없다는 얘기를 듣고 그때 그렇게 찾아왔던 것이지요.

그런데 나리께서 하시는 걸 가만 보니, 문장의 잔재주와 천문, 역술,

산수나 사주, 점 등 잡술에만 뛰어나시더군요. 마음을 닦고 몸을 지키는 큰 법도와 세상을 다스려 후세에 모범을 보이는 높은 도는 전혀 찾아볼 수 없다는 말입니다. 그런데도 고명한 선비로 알려져 있으니, 이는 지나친 찬사가 아닌지요? 무릇 본분을 벗어난 이름은 태평성대라 할지라도 화를 면하기 어려운데, 하물며 난세에는 어떠하겠습니까? 선생께선 앞으로 근신한다 해도 안전하게 일생을 마치기가 쉽지 않을 겁니다. 지금부터라도 산림에 은거하지 마시고 그저 적당하고 평범하게 전주 같은 큰 도회지에 살면서 이방들의 자제나 가르치는 게 좋을 듯합니다.

선생이 이처럼 뜻있는 선비가 못 되는 줄을 알면서도 억지로 모신다면, 이는 저 자신의 소망을 저버리는 것이며, 아울러 돌아가신 아씨의 당부 또한 어기는 것이지요. 저는 내일 새벽에 떠나렵니다. 먼 바다와 조용한 산에서 노닐어 볼까 합니다. 음식을 장만하고 바느질하는 일에 얽매이지는 않겠습니다.

돌아보건대 삼 년의 세월 동안 나리 곁에서 지냈으니, 가까이 모신 분께 작별의 예를 갖춰야겠지요. 뛰어난 재주를 끝내 숨겨 나리께 한 번도 보여 드리지 않은 것도 예가 아닌 듯싶구요. 아무쪼록 술을 많이 잡수시고 담력을 크게 해 잘 구경하시기 바랍니다.

소응천은 얘기를 다 듣고는 얼굴이 화끈거리고 입이 얼어붙어 한마디 말도 못했다. 다만 여자가 올린 술잔을 받아 마실 뿐이었다. 평소 마시던 대로만 들고 술잔을 내려놓자, 여자가 말했다.

"칼바람이 무척 매섭습니다. 정신이 굳세지 못하시니 술기운에 의지

해서 버티셔야 할 겁니다. 흠뻑 취하지 않으면 안 되지요."

여자는 연거푸 열 잔을 더 권하더니, 이어 자신도 말술을 들이켰다. 술이 거나해지자 여자는 치마저고리를 훌렁 벗어던지고 가뿐한 옷으로 갈아입었다. 그리고 서릿발이 선 보검 한 쌍을 꺼내 들고는, 소응천에게 두 번 절을 하고 일어섰다.

이내 여자가 사뿐히 움직이는데, 물 찬 제비 같았다. 별안간 공중으로 칼을 날리더니, 자신도 따라서 치솟아 올라 칼을 옆구리에 끼었다. 처음에는 사방으로 흩뿌리니 꽃이 떨어지고 얼음이 부서지며, 중간에는 둥글게 모으니 눈이 녹고 번개가 번쩍이며, 끝에는 고니처럼 둘레를 돌면서 학처럼 높이 날더니 사람도 칼도 보이지 않았다. 오직 한 가닥 하얀 빛이 동쪽을 치는가 싶더니 어느새 서쪽에 부딪치고, 남쪽에서 번뜩이는가 싶더니 갑자기 북쪽에서 번뜩이는 것이었다. 휙휙 바람이 몰아치고 싸늘한 빛이 하늘에 서렸다. 이윽고 외마디 부르짖는 소리와 함께 휙 하고 뜰에 선 나무가 쫘악 갈라지더니, 칼이 던져지고 사람이 우뚝 섰다. 나머지 빛과 기운은 서늘하게 사람을 에워싸고 맴돌았다.

소응천은 처음에 긴장하고 앉았다가 중간에 벌벌 떨더니 결국에는 쓰러져서 거의 인사불성이 되었다. 여자는 칼을 도로 집어넣고 옷을 고쳐 입었다. 술을 데워 다시 흥을 돋운 후에야 소응천은 겨우 정신을 차렸다. 이튿날 새벽, 여자는 과연 남장을 하고 홀연 떠나 그 후론 행방이 묘연했다.

이야기 ⋮ 넷

밀주 단속에 투입된 다모

김 소사는 한성부의 다모이다. 어느 해 경기, 충청, 황해도 삼도에 큰 기근이 들어 서울에서는 양반이든 서민이든 가리지 않고 밀주를 엄금했다. 술을 빚었다가 발각되면 벌금형은 물론, 심하면 유배를 보내기까지 했다. 만약 이를 단속해야 할 관리들이 봐주고 잡아들이지 않았다가 들통이 나면, 관리들도 온전할 수 없었다. 빨리 적발하지 못했다간 자신들이 죄를 뒤집어쓰지나 않을까 염려할 정도였다. 상황이 이렇게 되자, 백성들에게 몰래 신고하게 해 밀주에 대한 벌금의 이 할을 신고자에게 나누어 주는 웃지 못할 일들도 벌어졌다. 이 때문에 밀고자가 늘어났으며, 그 덕에 관리들은 밀주 적발에 탁월한 성과를 올렸다.

어느 날 한성부의 관리들이 남산 아래에 있는 거리에 들이닥쳤다. 이들은 몸을 후미진 곳에 숨긴 후, 다모를 불러 다리께의 어느 집을 가리키면서 은밀히 지시를 내렸다.

"저곳은 양반집이다. 우리가 바로 들이닥칠 수가 없으니, 네가 집 안으로 들어가 수색하거라. 술을 찾아내면 우리를 부르거라. 그때 우리가 뒤따라 들어가마."

다모는 지시에 따라 까치걸음으로 그 집에 들어갔다. 깊숙한 곳을 수색한 끝에 서 말은 충분히 들어감 직한 동이가 나왔고, 그 속에는 늦가을에 새로 빚은 술이 가득 들어 있었다. 그런데 다모가 그 술동이를 안고 나오다가 그만 주인 여자와 마주치게 되었다. 놀란 주인 여자는 벌벌 떨더니 그대로 땅에 주저앉았다. 눈빛이 풀리고 입에 거품을 물더니, 이내 사지가 마비되고 얼굴이 새파랗게 질리면서 기절하고 말았다. 다모는 술동이를 내려놓고 주인 여자를 부축했다. 급히 따뜻한 물을 입에 넣어 주자, 조금 뒤 정신이 돌아왔다.

"법령이 서릿발 같거늘 양반이 되어 이렇게 죄를 범한단 말이오?"

"우리 집 늙은 생원 어른이 오래 병을 앓아 왔다우. 그런데 술을 끊은 이후로는 음식을 먹어도 넘기질 못하고, 병이 점점 악화됐지 뭐유? 거기다 지난가을부터 지금까지 밥을 지어 먹은 적이 손가락으로 셀 정도라우. 어제 다행히 쌀을 몇 되 얻었기에 이참에 늙은 영감 병 수발이나 들어 볼까 해서 어쩔 수 없이 법령을 어기고 술을 빚었다우. 이렇게 발각이 될 줄 생각이나 했겠수? 빌고 비나니, 보살 같은 착한 마음으로 이 늙은이를 불쌍히 여겨 봐주면 내 결초보은하리다.”

사연을 듣고 난 다모는 안타까운 마음이 들었다. 그래서 동이의 술을 재가 쌓인 곳에 쏟아 버리고 사발을 하나 들고 문을 나왔다. 당연히 밀주를 적발했으리라 믿고 관리들이 어떻게 됐냐고 묻자 다모는 슬쩍 미소까지 지으며 이렇게 말했다.

“빚은 술은 찾을 수도 없었고, 외려 시체를 내올 판이던걸요. 죽이라도 한 그릇 사 와야겠어요.”

그러더니 곧장 죽 가게에서 죽 한 그릇을 사서 주인 여자에게 건넸다.

“밥을 먹지 못했다고 하기에 드리는 게요.”

그러면서 술을 몰래 빚은 사실을 아는 자가 있느냐고 물었다.

“쌀은 내가 빻고 누룩도 나만 만졌다우. 늙은 몸이라 밖을 나가지도 못하고 쭉 집을 지켰으니, 알 사람은 없다우.”

“그렇다면 누구에게 판 적이 있소?”

“이 늙은 몸이 늙은 남편의 병을 조리하느라 빚은 술이라우. 남들에

● **소사**(召史) ‘아무개’라는 뜻으로, 과부임을 나타내는 여성 칭호이다.

● **다모**(茶母) 관청에서 식모 노릇을 하는 천한 신분의 여자. 이 글에서처럼 간혹 형사 사건이나 기타 관청의 일에 투입되기도 했다.

게 팔아 버리면 남편에게 줄 술이나 있었겠수? 결코 그런 일은 없다우.”

“정말 그렇다면 혹시 맛이라도 본 자가 있소?”

“맛본 사람이라? 아, 우리 시숙이 좀 젊은 생원인데……. 어제 아침에 마침 성묘하러 간다고 들렀기에 이 처지에 아침밥을 해 줄 수는 없고, 그렇다고 빈속으로 보내자니 그것도 안 될 일이라 내가 한 사발 떠서 마시게 했수. 그 밖에는 아무도 없다우.”

“그 시숙과 부군은 한 동기간인가요?”

“그렇다우.”

“그러면 시숙의 나이는 어찌 되며, 또 체격은 어떤가요? 키는 얼마나 되고, 수염은 많이 난 편이오?”

다모가 묻는 말에 주인 여자는 하나하나 소상하게 대답했다.

“이제 됐구려!”

다모는 밖으로 나와 관리에게 아뢰었다.

“이 집엔 빚은 술이 정말 없었나이다. 주인 여자는 나를 보고 놀라 자빠져 기절을 했지 뭡니까? 이 여자를 겁주어 죽이는 게 아닌가 싶어 제정신을 차리게 하고 나오느라 좀 늦었나이다.”

허탕을 친 관리들은 관아로 돌아갔다. 다모도 따라가는 길인데, 젊은 생원 하나가 등짐을 진 채 네거리 위에서 왔다 갔다 하며 관리들을 기다리고 있었다. 외모로 보아 주인 여자가 말해 준 자와 똑같았다.

● 시숙(媤叔)　남편의 형제.

다모는 생원의 뺨을 사정없이 후려갈겼다.

"이런 고약한 양반 같으니라구! 양반 주제에 형수의 밀주 사실을 고발해 돈을 받아 처먹으려 하느냐?"

그러자 주변 사람들이 이 광경을 보느라 구름처럼 모여들었다. 관리는 다모에게 버럭 화를 냈다.

"이년이 주인에게 사주를 받아 우리에게 밀주 사실을 속이고, 고발한 자를 도리어 추궁한단 말이냐?"

관리들은 당장 다모를 붙잡아 상관에게 데려가 보고했다. 상관이 심문하자, 다모는 그 내막을 아뢰었다. 상관은 다 듣고 나서 우선 판결을 내렸다.

"밀주를 숨긴 죄는 벗어날 수 없는 법, 어서 곤장 스무 대를 치도록 해라!"

그날 오후 늦게, 상관은 조용히 다모를 불러 돈 열 꿰미를 주었다.

"내가 너를 용서하면 법이 서지 않으므로 어쩔 수 없이 곤장을 때리라 했느니라. 하지만 너는 의인이다. 내 이를 가상히 여겨 너에게 상을 주는 것이니라."

돈을 받은 다모는 그날 밤 남산의 그 아무개 양반집을 찾아갔다.

"내가 관아를 속인 죄는 마땅히 곤장을 맞아야 하나, 아주머니가 술을 빚지 않았다면 이 상이 어디서 나올 수 있었겠어요? 그래서 이 상을 아주머니께 돌려주는 겁니다. 이 돈으로 땔나무와 쌀을 팔아 추운 겨울을 나세요. 그리고 다시는 술을 빚지 마세요."

주인 여자는 미안하기도 하고 고맙기도 해 어쩔 줄을 몰랐다.

“정말이지 내 죄를 면하게 해 준 것만으로도 고마운데, 무슨 낯으로 이 돈까지 받는단 말이우?”

이렇게 한참을 사양했으나, 다모는 돈을 주인 여자 앞에 던져두고 돌아보지도 않고 떠나 버렸다.

이야기 …
다섯

초야에 묻혀 지내는 재주 많은 마기사

어느 해 겨울, 동생 광하가 처가에 다녀오던 길의 이야기이다.

광하는 정오쯤 벽제역에서 쉬었다. 그런데 어떤 길손이 서울에서 준마 두 마리를 몰고 길을 달려와서는 역문으로 들어섰다. 키가 팔 척은 좋이 되어 보이는 그자는 이마가 넓고 입도 컸으며, 눈썹이 길어 살쩍까지 닿을 정도였다. 수백 올의 멋들어진 수염은 말을 할 때마다 흔들렸고, 눈에선 광채가 났다. 검은 군복 차림에 총립을 썼으며, 포도 무늬 단화를 신고 비단으로 꾸민 허리띠를 하고 있었다. 손에는 은장식의 손잡이에 옻칠을 한 채찍을 들고 있었다.

길손은 예의는 아랑곳하지 않고 무작정 광하의 곁에 앉더니, 주머니에서 돈 백 닢을 꺼내 던지며 술집 주인더러 술과 돼지머리를 내오라는 것이었다. 연거푸 술 몇 사발을 들이켜고 나서 차고 있던 칼을 뽑아 드는데, 서늘한 빛이 감돌았다. 그 칼로 돼지고기를 썰어 우적우적 씹어 먹으니, 실로 기운이 하늘을 찌를 듯했다.

광하는 매우 놀라워하며 물었다.

"그대는 뭐하는 자인가?"

"나는 기사요. 숙직을 하고 돌아가는 길이오."

이렇게 해 둘은 잠시 이야기를 나누게 되었다. 그러다가 광하가,

"그대는 시를 잘 아는가?"

라고 묻자 길손은 주저하지 않고,

"좀 알지요."

라고 대답했다.

"그렇다면 자네의 시를 한 수 들었으면 하는데 어떤가?"

"전에 지은 걸 들려 드리긴 뭣하고, 차라리 이 자리에서 서로 시를 화답하는 건 어떻겠습니까? 한데 전 이제까지 선비들과는 시를 화답해 본 적이 없으니, 바라건대 나리께서 먼저 세상에 알려진 좋은 시를 들려주시지요."

광하는 세상에 회자되고 있는 이규보의 시를 들려주었다. 그랬더니 길손이 슬쩍 웃으며 쳐다보았다.

"선비님은 어쩌자고 면전에 있는 이 사람을 업신여긴단 말입니까? 이왕이면 좋은 시를 들려주시지요."

사실 광하도 이규보의 시를 못마땅하게 여기고 있던 터라, 길손의 반응이 놀랍고 기뻤다. 내심 이자야말로 정말 안목을 갖춘 사람이란 생각이 들었다.

이윽고 둘은 자리를 옮겨 살갑게 마주 앉아 얘기를 나누었다. 시에 대해 좀 더 이야기하던 참에 광하가 물었다.

"자네는 요즘 문인 가운데 누가 가장 시를 잘 짓는다고 생각하나?"

"잘은 모르오만 '떠나는 길에 두어 잔 술, 태평한 시절이라 감히 한스러워 하지 못하네.'라는 구절이 생각나는군요. 누가 이 시를 지었는지는 모르지만, 분명 시를 잘하는 분일 겁니다."

이 시는 바로 내가 작년에 후배 채제공이 영외로 부임할 때 지은 송별 시였다. 광하는 더욱 놀랄 수밖에!

"자네는 이 시를 어디서 들었는가? 바로 내 형님의 시라네."

광하는 이어서 나와 선배들의 시 가운데 몇 편을 가려 뽑아서는 부러 뒤섞어 읊어 주었다. 그런데도 길손은 뒤섞인 시편들을 하나하나 구별해 감상하고는 다시 낭랑한 소리로 그 시들을 되읊었다. 소리가 어찌나 우렁차고 시원한지 주변 사람들이 들으면 감동할 만했다.

이렇게 둘은 술을 마시다 얼큰하게 취했다. 이윽고 길손은 그동안

- **광하**(光河) 신광하(申光河). 이 작품의 저자 신광수(申光洙, 1712~1775)의 동생으로, 이 이야기의 제보자이다. 형 신광수와 함께 문장으로 이름을 떨쳤으며, 백두산과 북쪽 변방에 대한 기행집을 남긴 것으로 유명하다.
- **벽제역**(碧蹄驛) 경기도 고양시 벽제읍에 위치한 역으로 지금도 남아 있으며, 서울과 북쪽을 잇는 중요한 길목이었다.
- **살쩍** 관자놀이와 귀 사이에 난 머리털.
- **총립** 말총을 엮어 만든 갓으로, 옆에 털 깃을 달았다. 주로 기마병이 썼다.
- **기사**(騎士) 말을 타고 싸우는 무사.
- **이규보**(李奎報, 1168~1241) 고려 무신 집권 시대에 활동한 문인으로, 특히 한시에 뛰어났다.
- **채제공**(蔡濟恭, 1720~1799) 18세기 노론이 집권하던 정계에서 남인으로서 주요 요직을 두루 역임한 인물로, 특히 정조 때 영의정을 지내며 당시 천주교를 긍정적으로 받아들였다.

자신의 내력을 다음과 같이 들려주었다.

"저는 본래 황해도 지방 출신으로, 성은 마가입니다. 군인의 신분으로 의협심이 강하고 술과 시를 좋아해 집안은 돌보지 않았습니다. 젊었을 때, 동선령을 넘어가다가 도적 떼를 만나 칼을 휘둘러 모두 죽인 일이 있습니다. 그리고 평양에서 기녀와 사랑에 빠졌는데, 저를 배신한 기녀를 죽이고 이백 리를 도망쳐 산속으로 숨어 버렸답니다.

몇 년 뒤에 세상으로 나와서는 전국을 유람했습니다. 풍악산에는 세 번이나 올랐고, 설악산, 오대산 등지를 거쳐 북으로는 국도에서 육진까지 올라가 북쪽 야인의 땅을 굽어보기도 했지요. 그리고 다시 남으로 지리산에서 동래까지 가 보았고, 양서에도 머물렀는데 그곳은 제 고향 지역이기도 합니다.

산수도 정말 장관이지만, 유람에 바다가 빠져서는 안 되겠기에 모두가 본 거지요. 또한 유람에는 당연히 뜻 맞는 동행자가 있어야 하겠기에, 초서를 잘 쓰는 친구와 함께 다녔습니다. 제가 좋은 경치를 만나시를 읊으면, 이 친구는 붓을 들어 힘찬 기세로 암벽에 휘둘러 쓰고는

● **동선령**(洞仙嶺) 황해도 봉산 경계에 있는 고개로, 《춘향전》 같은 작품에도 배경으로 등장한다.

● **풍악산**(楓岳山) 금강산은 계절에 따라 다른 이름으로 불리는데, 풍악산은 가을 금강산을 말한다. 봄에는 봉래산(蓬萊山), 여름에는 금강산(金剛山), 겨울에는 개골산(皆骨山)이라 불렀다.

● **국도**(國島)**에서 육진**(六鎭) 국도는 중국과 마주하고 있는 함경북도 의주 일대를 가리키며, 육진은 함경북도 북쪽 변방 지역에 설치했던 여섯 곳을 가리킨다.

● **동래**(東萊) 지금의 부산시 동래구 일대. 조선 시대에 이곳에서 말을 길렀고, 일본과의 관계 때문에 매우 중요한 지역 가운데 하나였다.

● **양서**(兩西) 북쪽과 서쪽 지방, 즉 황해도와 평안도.

그 붓을 던져 버렸답니다.

　한번은 돈을 마련해 배를 한 척 사 임진 나루에서 바람을 타고 제주도로 향했습니다. 서해를 지나가는 중에 밤낮으로 황룡이 물보라를 일으키며 싸우는 걸 보았는가 하면, 고래와 신기루도 만나는 등 기이하고 해괴한 일들을 많이 목격했습니다.

　이윽고 백록담에 올랐는데, 그곳은 한라산의 꼭대기로 독룡이 거처하는 곳이랍니다. 그 서쪽으로 소송, 복건의 땅이 보이는데, 맑은 날

엔 남쪽으로 유구국도 볼 수 있지요. 추분 때면 노인성이 정의현 앞바
다에서 뜨는 것을 볼 수 있는데, 크기가 술잔만 하고 그것이 질 때면
천하의 장관을 연출하지요. 저는 백록담 위에서 크게 소리치다가 풀

- 소송(蘇淞), 복건(福建) 소송은 중국의 장쑤성(江蘇省), 복건은 푸젠성(福建省) 일대이다.
- 유구국(琉球國) 일본 남부의 오키나와.
- 정의현(旌義縣) 조선 시대 제주도의 동남쪽에 위치한 현.

쩍풀쩍 뛰기도 하고, 정신없이 내달리기도 했습니다.

얼마 후 제가 시를 지었는데, 친구는 어지럽게 갈겨쓰더니 백록담 속으로 내던졌답니다. 이와 같이 사흘 동안 우리는 먹는 것도 잊은 채 놀다가 흥을 다하고서야 배를 돌려 돌아왔습니다. 제 생애에서 가장 유쾌했던 그때를 지금도 잊을 수가 없답니다."

잠시 말을 멈춘 마 기사는 이내 슬픈 얼굴을 했다.

"친구는 돌아오는 중에 불행히 죽고 말았습니다. 저는 주머니를 털어 관을 사 친구를 길옆에 묻어 주었지요. 그리고 친구가 죽은 뒤로는 다신 유람을 하지 않기로 마음먹었답니다."

말을 마친 마 기사는 혜음령을 바라보며 더 이상 말을 잇지 못하다가, 이윽고 광하에게 시 한 수를 지어 주었다.

지금 벗은 남아 있지 않은데,
당신은 고인과 다름이 없구려.
칼을 빼어 가을 물에 비추고
시를 짓자 옛 풍모 살아난 듯.
앞마을 달리던 말이 서 있는데,
떨어지는 해에 전쟁터는 텅 비었구나.
아침에 떠난 고양 길 위 감문위는
술동이에서 늙어 가네.

마 기사는 이리 읊더니 곧장 일어나 채찍을 들었다.

"날이 저물고 있군요. 이제 작별을 고하고자 합니다. 피차 이름을 알 필요는 없을 터. 다만 소인을 '마가'라 말씀드렸으니, 저는 선비님을 서생으로 알면 되겠지요. 장부들의 한 번 만남이니 아쉬움을 남길 필요가 없겠지요."

말을 마친 마 기사는 다시 두 마리 준마를 몰고서 돌아보지도 않고 떠나 버렸다. 광하는 마 기사가 가는 곳을 멍하니 바라보다가 시야에서 사라진 후에야 겨우 말을 타고 서울로 돌아왔다.

나는 이 얘기를 등불이 흐릿하게 비추는 가운데 누워서 들었다. 처음에는 그냥 재미있다는 정도였으나, 이야기가 중간쯤 이르렀을 때 나도 모르게 일어나 앉았고, 끝에 가서는 황홀해 주체할 수 없을 정도였다. 마치 신선이나 검객의 변화무쌍한 이야기를 듣는 듯했다.

아! 마 기사는 장부 중의 장부인데도 세상에 몸을 숨겨서 지내고 있다. 요즘 사람들이 "옛 호걸 남아를 지금 세상에서는 다시 볼 수 없다."라고 말들 하는데, 마 기사와 같은 자가 바로 그런 인물이 아니겠는가!

우리나라가 비록 작고 좁으나 초야에 숨어 세상에 나오지 않는, 재주 있고 영특하고 용기가 뛰어난 사람이 어찌 마 기사 뿐이겠는가? 저들은 어부나 나무꾼으로, 혹은 장사치나 시정 사람으로, 혹은 하인이

• **혜음령**(惠陰嶺) 지금 경기도 고양시에서 파주시 광탄으로 넘어가는 고개 이름.

• **고양**(高陽) 지금 경기도 고양시 일대.

• **감문위**(監門衛) 조선 시대 중앙의 군제 중 하나. 친군위(親軍衛)라 해 모두 열 개의 위(衛)를 두었는데, 그 중 하나로 주로 궁성 안팎의 문을 맡아 지켰다. 이 작품에 나오는 마 기사도 감문위 소속으로 서울의 궁문을 지키는 숙직을 마치고 돌아가는 길이었다.

나 중, 거지, 술장수, 백정으로 자신의 진면목을 숨기고 자취를 감춘
채 끝내는 늙어 죽고 만다. 덧없이 스러져 감이 초목과 다를 바 없어
세상에서는 다시 이런 사람이 없을 줄을 알지 못하니, 어찌 슬픈 일이
아니겠는가?

옛사람들은 왜 기이한 이야기를 즐겼을까?

● 기이한 이야기란 무엇일까?

이 책에 소개된 이야기들은 크게 두 가지 특징이 있습니다. 하나는 저마다 특이한 인물이 등장하고 신기한 사건이 펼쳐지는 기이한 이야기라는 것입니다. 흔히 '과학적으로는 설명할 수 없는 불가사의한 일'이라는 표현을 쓰곤 하는데, 바로 여기 등장하는 이야기들의 내용이 그렇습니다.

다른 하나는 이 이야기들이 개인에 의해 창작된 것이 아니며, 성격도 다양하다는 것입니다. 입에서 입으로 전해지던 이야기를 모아 글로 기록한 것도 있고, 당대에 일어났던 사건을 취재해 정리한 것도 있으며, 더러는 작자가 지어낸 것도 있습니다. 하지만 모두 개인의 순수 창작물이 아닌 구연(口演, 여러 사람 앞에서 재미있게 이야기하는 것)의 결과물이지요. 구연 형식의 이야기는 어느 시대에나 있는 보편적인 사회 현상이지만, 조선 후기에는 크게 유행했습니다.

조선 후기에는 상업이 번성하면서 사람들이 많이 모이는 공간인 시정(市井)도 발달합니다. 그러자 사람들이 함께 공유할 수 있는 흥미로운 소재들도 필요했지요. 지금처럼 대중 매체가 다양하지 않았기 때문에 '놀이(공연)'나 '이야기'가 대중과 호흡할 수 있는 중요한 수단이었습니다. 그리고 이야기를 재미있게 들려주는 존재가 나타나기 시작했는데, 바로 '이야기꾼'입니다. 이야기꾼들은 원래 이야기에 양념을 쳐 더 그럴듯하게 꾸몄으며 듣는 이들을 압도했습니다. 그러다 보니 이야기는 점점 길어지고 흥미도 더해 갔습니다. 조선 후기 시정에서의 '이야기'는 하나의 중요한 문화 현상이었던 것입니다. 이런 이야기를 지금 우리는 '야담(野談)'이라고 부릅니다.

조선 후기의 야담은 주로 일상생활과 밀접한 관련이 있습니다. 실재 인물과 사건을 소재로 한 이야기가 대부분이지요. 그런데 이 책에 소개한 작품들은 오히려 정반대입니다. 실제 있었던 일로 이해하기에는 기이하고 신비스럽기 때문입니다. 말하자면 이 책에 실린 이야기는 야담 중에서도 변두리 이야기에 불과합니다. 실제 남아 있는 작품 수로 보아도 전체 야담의 일부에 지나지 않습니다. 그렇다면 과연 이런 이야기들이 재미가 덜해서 변두리로 밀려난 것일까요? 그렇지 않습니다.

알다시피 조선 시대는 유교 사회였지요. 도덕적이고 합리적인 정신을 바탕으로 한 철저하게 인간 중심적인 사회였습니다. 그래서 합리적인 사고의 범위에서 벗어나는 일은 미신으로 간주해 강하게 배척했습니다. 그러다 보니 귀신이나 신선, 괴물 따위는 '있을 수 없는' 또는 '있어서는 안 될' 것으로 취급했지요. 이런 이유로 누구도 쉽게 귀신이나 괴물 이야기를 드러내 놓고 하지 않았습니다. 지금까지 기록으로 남은 몇몇 작품은 당시의 비판적 시선을 피해 어렵게 살아남았다고 할 수 있습니다.

그러나 드러내 놓지 않았다뿐이지 귀신이나 괴물 이야기는 은밀하게 사람들 사이에 퍼져 있었을 것입니다. 다른 어떤 종류의 이야기보다 오히려 더 흥미롭고 다채롭게 전해졌을 가능성이 큽니다. 이 책에 소개한 작품은 당시 사람들이 즐겼던 수많은 기이한 이야기 중 일부일 뿐이지요.

이 책에서는 비인간적인 요소가 강한 것부터 별난 사람들 이야기에 이르기까지 크게 네 가지로 이야기를 분류했습니다. 신기한 이야기는 되도록 빠뜨리지 않았습니다. 그러면 분류에 따라 좀 더 구체적으로 이야기를 살펴보기로 합시다.

● 기이한 괴물의 출현

사실 '괴물'은 우리 고전에서 낯선 대상 가운데 하나입니다. 그나마 귀신과 신선은 조금 알려진 편이지요. 예전에 사람들의 인기를 끈 〈전설의 고향〉이라는 드라마가 있었습니다. 우리 부모님 세대는 이 드라마를 보면서 한여름의 무더위를 잊곤 했지요. 거기 등장했던 단골 메뉴가 바로 꼬리가 아홉 개 달린 여우 '구미호(九尾狐)'였습니다. 이 구미호는 아름다운 여인으로 변해 '인간'이 되기를 갈망하다가 결국 소원을 이루지 못하자 인간에게 복수를 하면서 비극적으로 죽고 맙니다. 그런데 구미호에 관한 옛 문헌은 의외로 남아 있지 않습니다. 이 책에 실린 〈태백산 암자에 사는 구미호〉가 거의 유일하지요. 이 작품에서 구미호는 특별히 사람들에게 해를 끼치지 않는 존재인데도 김생은 물론이고, 서해와 동해의 용왕까지 나서서 구미호를 없애려 합니다. 김생은 그 보답으로 복을 받기까지 하지요. 구미호가 얼마나 억울했으면 염라왕을 찾아가 소송을 제기했겠습니까. 그러나 염라왕마저도 인간의 편을 들어줌으로써 구미호는 확실히 인간 세계를 어지럽히는 존재로 낙인이 찍혔지요. 이처럼 구미호는 인간과는 어울릴 수 없는 그야말로 '괴물'로 그려집니다.

이 같은 사정은 대인국의 괴물이나 섬에 출몰하는 이무기의 경우도 마찬가지입니다. 비록 불가사의한 괴물을 다룬 이야기들이지만, 어떤 이유에서 이러한 이야기들이 생겨났는지 짐작해 볼 수 있습니다. 흥미로운 사실은 두 이야기 모두 바닷길과 관련이 있다는 것입니다. 옛날에는 어부든 상인이든 사신이든 배를 타고 바닷길을 이용하는 것이 육로에 비해 훨씬 빠르고 편리했습니다. 대신 여러 가지 위험을 감수해야 했지요. 태풍 등으로 배가 뒤집히는 위험은 물론이고, 고래 같은 거대한 바다 생물의 출현, 신기루나 용오름 같은 바다 표면의 기괴한 현상 등은 옛사람들에게는 엄청난 공포였습니다. 그들은 이러한 현상을 '바다 괴물'로 받아들였던 것입니다. 그러니 여기 소개한 이야기들이 단지 허무맹랑한 것이라고만 할 수는 없습니다. 뱃사람들이 바다에서의 경험을 적절하게 섞어 꾸며 낸 말이 보태져 이런 이야기들이 나왔다면 그럴듯하지요.

다음에 소개한 괴물, 요물은 조선 시대 관아나 일반인의 집에서 일어난 변괴를 다룹니다. 형체를 알아볼 수 없는 괴물이 출현해서 사람을 위협하거나, 요물이 사람으로 변신해서 주위를 놀라게 하는 일이 일어나지요. 앞서의 구미호 이야기도 그렇듯이 괴물과 요물은 인간과는 도저히 화합할 수 없는 존재로 묘사되어 있습니다. 당시 사람들은 생활 주변에서 일어나는 이해하기 어렵고 괴이한 현상을 이들 괴물과 요물을 등장시켜 이야기했던 것입니다.

그런데 이런 섬뜩한 괴물이 가끔 다른 사람을 겨냥할 때도 있습니다. 자신과 의견을 같이하지 않는 상대편을 괴물처럼 꾸며 대립적인 존재로 부각시키는 것이지요. 특히 이민족을 이런 괴물로 설정하는 예가 더러 있습니다. 앞서 언급한 구미호의 경우 중국 문헌에도 매우 부정적인 존재로 등장하는데, 이는 중국의 입장에서 북방의 이민족을 여우나 늑대 같은 짐승으로 바라보는 시각이 반영된 것입니다. 어쨌든 괴물들은 현대의 외계인처럼 인간을 위협하는 존재로 꾸준히 사람들의 입에 오르내렸습니다.

● 저승과 귀신의 세계

귀신과 저승은 사후 세계와 관련이 있습니다. 옛사람들은 사람이 죽으면 혼(魂)과 백(魄)이 분리되어 하늘과 땅으로 돌아간다고 생각했습니다. 이때 하늘로 올라가는 혼은 신(神)이라 하고, 땅에 묻히는 백은 귀(鬼)라 했습니다. 귀는 형체가 있는 부정적인 대상이고, 신은 형체가 없으며 영험한 것으로 이해했지요. 저승은 죽은 사람들이 이승을 떠나서 심판을 받는 곳입니다. 저승의 판결에 따라 천당에 오르거나 지옥으로 떨어지는데, 저승의 감옥이 바로 지옥이었습니다.

사후 세계를 이렇게 바라본 것은 불교와 유교의 사고방식이 결합된 결과였습니다. 옛사람들에게 귀신과 저승은 인간의 삶과 죽음에 직결된 중요한 사안이었고, 개개인들은 이를 좀 더 복잡하게 받아들였습니다.

이 책에 소개한 작품들에서도 인간이 저승 세계와 관계를 맺는 양상이 단순하지 않음을 확인할 수 있습니다. 우선 〈염라왕의 도포〉에서는 염라 세계를 관장하는 염라왕이 세상에 살았던 '인간'이라는 점이 매우 흥미롭습니다. 심지어 새로 입을 도포를 자기 집에 다시 부탁하는 처지로 그려지지요. 으레 염라대왕 하면 그 위엄과 화려함이 인간과는 비교조차 할 수 없을 것 같은데, 이 염라왕은 전혀 그렇지가 않습니다. 솔기가 다 터진 도포를 입은 모습은 측은해 보이기까지 합니다.

〈섬뜩한 저승의 감옥〉은 그야말로 섬뜩합니다. 저승의 감옥에서는 불에 달군 쇠꼬챙이로 눈을 찌르고, 혀를 뚫어 쇠 끈에 매다는가 하면, 사람을 삶아 씹어 먹고 뇌를 파먹기까지 합니다. 이런 벌을 받는 자는 인간 세상에 있을 때 화목하지 못했거나 거짓말을 많이 했거나 세상을 속인 자들입니다.

귀신을 다룬 이야기도 매우 다양합니다. 인간이 귀신에게 일방적으로 당하는 이야기가 있는가 하면, 반대로 귀신을 거느리고 부리는 사람도 있습니다. 이 밖에도 인간과 귀신의 관계 맺기는 다양합니다. 이 책에는 소개하지 않았지만 화난 귀신을 달래는 이야기도 있고, 인간을 몰래 돕는 친근한 귀신 이야기도 있지요.

그렇다면 유교 사회에서 특히 금기시하던 귀신과 저승에 대한 내용이 이렇게 다양하게 나타나는 이유는 무엇일까요? 이는 조선 시대의 사회적 변화와 관련이 있습니다. 16, 17세기에 한반도는 왜란과 호란이라는 참혹한 전란을 겪습니다. 또한 16세기부터 창궐했던 전염병은 전란 시기에 더욱 유행했습니다. 도처에서 목격한 수많은 사람의 끔찍한 죽음은 그동안 금기시한 사후 세계에 대한 궁금증을 자극했고, 사람들에게 그런 세계를 믿게끔 합니다. '죽음에 대한 공포를 어떻게 극복할 수 있을 것인가?'라는 고민이 귀신에 대한 다양한 시선으로 드러났고, 심지어 귀신과 친해지려는 경향으로도 나타난 것입니다. 이 점에서 〈귀신을 부리는 사람들〉은 특히 주목을 끕니다. 여기서는 귀신이 전염병을 퍼뜨리는 주체로 그려집니다. 귀신을 다스리지 않으면 전염병과 같은 재앙에 속수무책일 수밖에 없기 때문에 귀신을 부리는 사람이 등장하는 것입니다. 겉보기에 그저 흥미롭기만 한 이야기 속에도 당대 서민들의 현실이 아주 사실적으로 반영되어 있다는 것을 알 수 있습니다.

● 신선 세계와 인간

'신선' 하면 여러분은 어떤 생각이 드나요? 정말 신선이 있었을까요? 신선 이야기는 단지 사람들이 지어낸 터무니없는 이야기일까요?

〈지리산에 펼쳐진 신선 세계〉와 〈신선 세계에서 혼인한 유생〉은 인간이 신선 세계를 찾아가 신선을 만나고 그곳 생활을 체험한다는 내용입니다. 지리산과 가평군이라는 구체적인 공간이 나오지만, 일단 신선 세계로 들어서면 인간 세상과는 여지없이 단절됩니다. 이 단절의 공간에서 벼슬아치와 유생은 인간 세상과는 전혀 다른 경험을 하게 됩니다. 인간 세상에서처럼 혼례식을 치르고, 인간 세상을 그리워하기도 하지만,

결국은 이 이상적인 공간에 흠뻑 빠져듭니다. 하지만 이들은 신선 세계에서 영원히 신선들과 살 수는 없는 운명입니다. 일정한 때가 되자 신선 세계를 나와야 했고, 그곳을 다시 찾으려고 했으나 끝내 찾을 수 없습니다. 신선 세계는 인간에게 단 한 번의 체험을 허락할 뿐입니다. 신선 세계는 인간 세상과 나뉘어 있으며, 결국 인간도 신선 세계에서 영원할 수 없음을 말해 주는 것이지요.

이런 이유로 직접 신선이 되고자 했던 사람들의 이야기들도 생겨납니다. 실제 중국에서는 위진 남북조 시대에 정치적 혼란을 피해 은둔 생활을 하며 신선의 삶을 추구했던 사람들이 많았다고 합니다. 그리고 단약(丹藥)을 만들어 무병장수를 꿈꾸는 연단술(煉丹術)이 성행하기도 했습니다. 서양에서 중세에 연금술(鍊金術)이 유행했다면 동양에는 연단술이 있었지요. 한편, 둔갑술이나 마술을 부리는 존재들도 등장하는데 이들을 도사(道士)라 했으며, 인간과 신선의 중간쯤으로 받아들였습니다.

우리나라에서도 정치적 격변기나 환란의 시기에는 항상 이런 이야기들이 등장했습니다. 〈영랑호에서 만난 옛 친구〉와 〈둔갑술로 세상을 우롱한 전우치〉가 바로 그런 예죠. 그런데 회룡굴에 살고 있는 유생과 도술을 부리는 전우치는 성격이 좀 다릅니다. 회룡굴의 유생은 그야말로 '신선'이 된 인물이지요. 회룡굴 안의 풍경도 신선 세계 그 자체입니다. 회룡굴이 있던 금강산과 그 일대는 예로부터 사람들이 선경(仙境)이라 생각했지요.

반면 전우치는 도성 안에서 도술을 부리는 존재로, 도사에 속합니다. 문제는 전우치가 바람직하지 않은 방법으로 남에게 피해를 입힌다는 점입니다. 그는 급기야 사회의 골칫거리가 됩니다. 도술을 부리는 존재가 인간 세상에 부정적인 영향을 미친 것이지요. 전우치와 대결하는 인물로는 윤군평과 서경덕이 등장합니다. 이들은 도술을 제대로 부리는 인물로, 도술을 잘못 쓰는 전우치를 굴복시킵니다. 남다른 힘만 믿고 세상을 우롱하는 존재에 대한 경계가 들어 있는 것이지요.

신선 세계와 신선의 존재도 이처럼 다양했습니다. 신선 세계는 인간이 모든 현실의 번민과 고통으로부터 벗어날 수 있는, 말하자면 동양의 유토피아였습니다. 그러니 신선과 신선 세계를 그저 옛사람들이 만들어 낸 터무니없는 이야기로 덮어 둘 수는 없을 것 같습니다. 무엇보다 부러운 것은 신선 세계가 여유롭다는 점입니다. 지금 우리는 물질적으로는 더없이 풍요로운 세계에 살고 있습니다. 하지만 부의 불균형, 노동의 소외, 환경 파괴 등의 문제가 끝없이 불거집니다. 물질적인 풍요가 정신적인 풍요로움까지 제공해 주지 않는 것이지요. 그러면서 우리는 왜 이렇게 바쁜지 모르겠습니다. 지금은 그야말로 빨리빨리 뛰어야 하는 시대입니다. 21세기를 살아가는 인간은 물질적인 풍요로움을 좇아 마냥 뛰는 존재일지도 모르겠습니다. 머릿속에 뚜렷이 떠오르지는 않지만 지금 우리에게도 동경하는 세계가 있을 것입니다. 꼭 '신선 세계'가 아닐지라도 여유가 있고, 정신적으로 풍요로운 유토피아를 갈구할 것은 분명합니다. 그런점에서 신선과 그 세계는 비록 오래된 옛것이지만, 지금 시대에도 여전히 인간의 꿈과관련되어 있다고 해석할 수 있지 않을까요?

● 이름 없는 비범한 인물들

우리는 괴물, 귀신의 세계를 거쳐 신선 세계에까지 빠져 보았습니다. 인간이 관여하지 않는 한 이들 자체는 전혀 문제가 되지 않습니다. 이들 이물(異物)은 인간과의 관계를 통해서만 자기 색깔을 드러내기 때문입니다. 이물은 인간이 자연이나 세상에 대해갖고 있는 두려움이나 욕망이 빚어낸 대상이기에 그를 통해 인간의 속마음을 비추어볼 수는 있지만, 그들이 인간의 문제를 해결해 주지도 않습니다. 결국 우리는 이물들의 이야기를 즐기다가 우리 자신의 이야기로 돌아와 스스로를 들여다볼 수밖에 없는것이지요.

이 책에 소개한 인물들은 평범하지 않은, 매우 독특한 사람들입니다. 〈도적의 소굴을 소탕한 백거추〉, 〈친구의 원수를 갚은 오대산 검객〉은 모두 칼을 쓰는 검객의 이야기입니다. 역사적으로는 전혀 알려지지 않은 인물이지만, 목숨을 아끼지 않고 자신의의지를 실현한 강인한 존재들이지요. 그러나 이들보다 더 주목할 대상이 〈주인집을위해 복수를 한 검녀〉와 〈밀주 단속에 투입된 다모〉에 등장하는 검녀와 다모입니다.검녀와 다모는 여성이라는 점이 우선 이채롭습니다. 유교 사회에서 여성의 처지를 생각해 보면 상상하기조차 어려운 활약을 펼치지요. 다모는 조선 후기에는 관아에 소속된 하층 여성으로 범죄 적발에 투입된 예가 더러 있었다고 합니다. 여기서 다모는 몹시 곤란한 형편에 처한 부인을 여성의 따뜻한 마음으로 도와줍니다. 법과 인정 사이에서 하나의 해결책을 제시한 것입니다. 반면 검녀는 더할 나위 없이 무섭습니다. 이 이야기를 통해 우리는 유교 사회에도 칼을 쓰며 전국을 떠돌아다닌 검녀들이 있었음을 알 수 있습니다. 자유롭게 바깥출입을 할 수 없었던 당시의 여성들 중 자신의 의지에 따라 주체적인 행동을 한 이들도 있었다는 사실이 놀랍습니다.

이런 유교적 신분 질서가 엄격했던 사회에 대해 문제를 제기하는 작품이 바로 〈초야에 묻혀 지내는 재주 많은 마 기사〉입니다. 마 기사는 신분제 사회에서도 자유로운 삶을 즐기는 존재로 모든 행동이 다 파격적입니다. 능력이 제대로 발휘되는 사회를 만났다면 마 기사가 이런 식으로 행동하지는 않았겠지요. 작자는 마 기사를 통해 불평등한 인간 사회를 문제 삼습니다.

세상에는 마 기사와 같은 호걸들이 많겠지만, 자신의 뜻을 펼쳐 보지 못하고 하층민의 신분으로 묻혀 살다가 죽어 가는 존재들이 대부분이었습니다. 사회의 이런 부조리한 문제들이 해결되지 않는 이상, '인간'은 계속 문젯거리가 될 수밖에 없는 것이지요.

이러한 문제들은 신분제 사회에서만 발생하는 것일까요? 지금 시대에는 이런 문제들이 없을까요? 결코 그렇지 않습니다. 지금도 불합리와 불평등이 우리 주변에 가득합니다. 인간들이 모여 사는 사회라면 어디나 문제가 끊이지 않을 것이고, 우리는 매번 이를 해결하기 위해 머리를 싸매고 고민할 것입니다. 그 과정에서 옛사람들처럼 두려워하는 세계와 동경하는 세계를 그려 가겠지요. 또 다른 귀신이나 신선을 말입니다.

환상적인 옛이야기 속으로!

● 이 책에 나온 거인과 여러분이 알고 있는 이야기 속 거인을 비교해 봅시다.

> 《걸리버 여행기》의 걸리버, 《그리스 로마 신화》의 티탄, 마고할미, 소별왕 등

● 이 책에는 다양한 괴물과 그 괴물을 잡는 주인공들이 나옵니다. 괴물들을 잡은 방법을 말해 봅시다. 여러분이 알고 있는 또 다른 괴물들과 이를 물리친 주인공에 대해서도 말해 봅시다.

> · 외눈박이와 아들 거인들
> · 무인도의 거인
> · 섬에 사는 이무기
> · 보자기 귀물과 안개 괴물

● 〈변신한 요물의 정체〉를 읽고, 각각의 이야기들이 주는 교훈을 생각해 봅시다.

> · 〈원수를 갚은 구렁이〉
> · 〈홀대받은 노파의 복수〉
> · 〈구운 밤을 내온 아내〉

● 괴물 이야기는 옛사람들의 마음속에 있던 두려운 것과 나쁜 것을 눈에 보이는 괴
물이란 형태로 바꾸어 놓은 것인지도 모릅니다. 여러분 마음속의 부정적인 감정을
요괴로 만든다면 구체적으로 어떤 모습일지 상상해 봅시다.

● 〈섬뜩한 저승의 감옥〉과 〈지리산에 펼쳐진 신선 세계〉를 읽고, 염라대왕이 사는
저승 세계와 신선이 사는 세계는 어떻게 다른지 이야기해 봅시다. 주인공들이 저
승 세계와 신선이 사는 세계를 다녀온 까닭과 그곳에서 받은 보상이 무엇이었는지
도 말해 봅시다.

● 〈둔갑술로 세상을 우롱한 전우치〉를 읽고 뛰어난 도술 실력을 가진 전우치가 서경
덕, 윤군평과 겨루어 패배한 이유를 말해 봅시다. 아울러 허균이 지은 소설의 주인
공인 홍길동과 전우치의 공통점과 차이점을 비교해 봅시다.

● 〈주인집을 위해 복수를 한 검녀〉에서 주인댁 아씨가 남긴 유언을 보고 당시 여성들의 삶이 어떠했는지 말해 봅시다. 그리고 아씨가 내린 결론에 대한 자신의 생각도 이야기해 봅시다.

> 나는 남자의 몸으로 태어나지 못했으니 세상에 살아남더라도 가문을 이을 수 없구나. 게다가 남장으로 팔 년간 천 리를 돌아다녔으니, 비록 남에게 몸을 더럽히지는 않았으나 이것이 어찌 여자의 도리라 하겠느냐? 나는 차라리 여기서 자결하여 죽고 말련다. 나를 묻은 다음, 나라 안을 돌아다녀서 뜻있는 선비를 만나거든 처나 첩이 되어라. 너 역시 기이한 포부와 걸출한 기상이 있는데, 어찌 평범한 남자에게 머리를 숙이고 고분고분 살겠느냐?

● 옛날에는 〈친구의 원수를 갚은 오대산 검객〉이나 〈초야에 묻혀 지내는 재주 많은 마 기사〉처럼 뛰어난 실력과 재주를 가지고 있으면서도 벼슬을 하지 않는 사람들이 많았습니다. 그 이유가 무엇인지 이야기해 봅시다.

이야기 출처

1 기이한 괴물의 출현

〈바다 가운데 대인국 이야기〉

무인도의 외눈박이 거인 − 유만주(俞晚柱), 〈기흑도인사(記黑島人事)〉, 《통원문고(通園文藁)》, 19세기 초.

청주 상인이 들은 거인 이야기 − 작자 미상, 〈대인도상객도잔명(大人島商客逃殘命)〉, 《청구야담(靑邱野談)》, 19세기.

〈섬에서 이무기를 잡은 사연〉

이원명(李源命), 〈낙소도포장획화(落小島砲匠獲貨)〉, 《동야휘집(東野彙集)》, 19세기.

〈태백산 암자에 사는 구미호〉

작자 미상, 〈태백산호암기(太白山狐菴記)〉, 《기설(奇說)》, 조선 후기.

〈변방의 괴물 출현 소동〉

검은 보자기의 귀물 − 임방(任埅), 〈별해진권축삼귀(別害鎭拳逐三鬼)〉, 《천예록(天倪錄)》, 18세기 초.

악취를 풍기는 안개 괴물 − 임방, 〈관북쉬검격취생(關北倅劍擊臭眚)〉, 《천예록》, 18세기 초.

〈변신한 요물의 정체〉

원수를 갚은 구렁이 − 임방, 〈무인가망요화자(武人家蟒妖化子)〉, 《천예록》, 18세기 초.

홀대받은 노파의 복수 − 임방, 〈사인가노구작마(士人家老嫗作魔)〉, 《천예록》, 18세기 초.

구운 밤을 내온 아내 − 임방, 〈수집괴리한개악(手執怪狸恨開握)〉, 《천예록》, 18세기 초.

2 저승과 귀신의 세계

〈염라왕의 도포〉

임방, 〈염라왕탁구신포(閻羅王托求新袍)〉, 《천예록》, 18세기 초.

〈섬뜩한 저승의 감옥〉

임방, 〈보살불방관유옥(菩薩佛放觀幽獄)〉, 《천예록》, 18세기 초.

〈귀신에게 호되게 당한 사람들〉

흉가에서 귀신을 만나다 − 임방, 〈최첨사교사봉마(崔僉使僑舍逢魔)〉, 《천예록》, 18세기 초.

김유신의 분노 − 임방, 〈의출원향즉피화(議黜院享卽被禍)〉, 《천예록》, 18세기 초.

〈귀신을 부리는 사람들〉

귀신 명부를 가진 사내 − 임방, 〈서평향족점만명(西平鄕族點萬名)〉, 《천예록》, 18세기 초.

귀신을 마음대로 부린 선비 − 임방, 〈임실사인령이졸(任實士人領二卒)〉, 《천예록》, 18세기 초.

참고 문헌

노대환·신병주, 《고전 소설 속 역사 여행》, 돌베개, 2005.

정민, 《초월의 상상》, 휴머니스트, 2002.

조동일, 《한국문학통사 3》, 지식산업사, 2005.

진재교, 《조선 후기 인물전》, 현암사, 2005.

국어시간에 고전읽기 101

기이한 이야기, 둔갑술로 세상을 우롱한 전우치

1판 1쇄 발행일 2007년 10월 10일
개정판 1쇄 발행일 2012년 11월 19일
개정판 3쇄 발행일 2022년 6월 13일

기획 전국국어교사모임
지은이 정환국
그린이 리강·이승현

발행인 김학원
발행처 (주)휴머니스트출판그룹
출판등록 제313-2007-000007호(2007년 1월 5일)
주소 (03991) 서울시 마포구 동교로23길 76(연남동)
전화 02-335-4422 **팩스** 02-334-3427
저자·독자 서비스 humanist@humanistbooks.com
홈페이지 www.humanistbooks.com
유튜브 youtube.com/user/humanistma **포스트** post.naver.com/hmcv
페이스북 facebook.com/hmcv2001 **인스타그램** @humanist_insta

편집책임 문성환 **편집** 윤무재 **디자인** 김태형 AGI SOCIETY **이야기 속 이야기 그림** 신동근
스캔·출력 이희수 com. **용지** 화인페이퍼 **인쇄** 청아디앤피 **제본** 정민문화사

ⓒ 정환국, 2012

ISBN 978-89-5862-531-5 44810